書房的鑰匙

父が遺した
「人生の奇跡」

喜多川泰
きたがわやすし

黃毓婷——譯

書本具有改變世界的力量

如此深信的我，滿懷著愛將它贈與你……

目錄 contents

遺書

——2055 年 2 月 22 日

「部長，您現在方便給我一點時間嗎？」

前田浩平從部長室的門口望向裡面。

「嗯？」

井上部長從手上的平板移開視線。

「怎麼了？」

井上將平板放到桌上，透過眼鏡凝視著走近的浩平。

浩平的手中，握著一張紙。

「其實，從明天開始想要請三天假……」

「請假？」

「是……眞的非常抱歉。」

「請假至少要在一週前提出，我想你也很清楚……」

「是……其實，是家父過世了。」

井上像是硬生生吞下本欲斥責的話語，啞口呆立了一下，突然站起轉身背對浩平。

「這、這樣啊……這樣的話，也是沒有辦法的事……」

井上慌慌張張地打開桌旁的抽屜，翻找文件用的印鑑。

「眞是的，都這個時代了，文件還要蓋章……只能說，日本人從受贈漢委奴國王金印[1]之後，就一直過於重視印章了。」

1　據漢書記載，東漢光武帝在位時，當時地處九州島北部兩個部落，倭奴、犬奴二國打仗。倭奴國王希望得到中原大國相助，便遣使來漢朝見漢光武帝，給他進貢。漢便封之爲漢倭奴國王，並回贈了此龜鈕金印。印文「漢委奴國王」，按王朝、民族、部族的順序排列，據此，印文應解釋爲「倭（民）族的奴（部族）」，意爲「漢的委的奴的國王」。

一邊自個兒嘟囔著抱怨一邊找印鑑的井上，罕見地貌似有點動搖。

浩平還是第一次見到這樣的井上。

「說起來，事情也發生得太急了吧。你們一直關係不好嗎？」

井上一點一點地回到平常的威嚴。

「呃……那個……我也是剛剛才知道去世的消息的。」

「這麼說，是事故什麼的嗎？」

「不是的，那個……不是突然惡化或發生事故，雖然一直以來關係好像都不太好，但好像是父親說不要讓我知道的……是癌症。」

「——癌症？這時代了還因爲癌症過世……眞的嗎？再說還很年輕吧……」

「七十八歲了。」

井上搖搖頭，像是在說「還那麼年輕……」

「老實說，我也不太清楚。只是，是從母親那邊聽到過世消息的。不回去一趟的話也不知道詳細狀況……」

井上在浩平提出的請假單上蓋了印鑑。

「給您造成麻煩了。今天的工作和休假期間的工作，我會好好找代理……」

「沒關係啦。不要擔心。加藤會做完全部的。我去幫你跟他說。比起那種事情，不要說三天，你就去好好放個一個星期吧。我記得你是獨生子吧。你也沒有常常回去，應該有很多要忙的吧。」

井上一說完，好像就已經對浩平的事興味索然一樣，轉過身俯瞰窗外鋪展開來的建築群。

浩平困窘於不知該如何回應，只能望著井上的背影。

「但是，工作……」話說了一半，浩平還是閉上了嘴。再說下去，彷彿就會被井上以「你不用再說了」打發掉一樣。那也是浩平不想聽到的一句話。

「謝謝您。那麼就恭敬不如從命了。麻煩您了。」

浩平鞠躬敬禮後，便背向井上。

大步走過部長室的整面書牆，快步離開了那個房間。

「課長，怎麼樣？請到假了嗎？」

一回到自己的座位上，進公司第二年的加藤健之助就馬上過來問。

「嗯。」

「也就是說，接下來三天，課長在作的事都要我一個人作了吧。有點緊張耶。」

浩平的目光不自覺地緩和了下來。他想，眞是個可愛的傢伙。就算是井上部長，應該也會覺得加藤是個可愛的部下吧。

「不是三天。是一個星期。」

「咦！眞假？」

加藤失聲大叫，讓周圍正在工作的員工有好幾人回過頭來。

「怎麼了？」

旺楚克問道。

「沒事。謝謝你關心」

加藤苦笑著回答。

「別擔心。你一個人沒問題的。你會做得比我好的。還有，在今年的二度就業博覽會時進公司的上野，他知道很多事情，有什麼事就找他求助吧。」

「二度就業博覽會來的人，年紀都比我爺爺還大呢。要人家以前輩之姿拉我一把，實在沒有自信啦……」

二度就業博覽會，是專以屆齡退休後的人為對象舉辦的就業博覽會。各個企業為了確保勞動力，而漸漸優先錄取還在工作中的七十歲以上人材，因此舉辦的規模演變得跟大學畢業生的就業博覽會一樣盛大。浩平的公司也引進這種延攬人材的形態。

加藤苦著一張臉。

「課長不在，真的很擔心啦……」

說完，加藤又急忙表情一斂，

「但是，請您放心去吧。我會努力的。」

彷彿可以看到加藤的目光因為預料之外的工作機會而閃爍著。對於要去參加父親葬禮的浩平而言，那真是刺眼的光芒。

「有什麼不懂的話，可以聯絡我。」

「知道了。那麼，有什麼要先準備的呢？」

浩平躲開了視線。

「那個部長會有指示。」

浩平說著，便開始將桌上的資料分類。一堆立在桌上的書架上，一堆與平板電腦一起交給加藤，剩下的則塞在已經塞得鼓起來的公事包裡。

「您已經要回去了嗎？」

加藤慌慌張張地問。

「嗯，因爲也要準備一下，有很多事情要忙」浩平邊說著，邊動身起步。

加藤朝著快步走向公司入口的浩平背影叮嚀「請路上小心」，但這句話已飄不到浩平的耳邊了。

從事業務的工作的人，主要是用的是自動駕駛的太陽能車，所以幾乎不會搭到上午十一點開往自家那個方向的電車。

不管是上班還是下班，浩平早就習慣擠滿了人的電車；環視車廂內稀稀疏疏的乘客，還感到困惑。一派悠閒景象令人無法想像這跟平常搭的是一樣的交通工具。

冬日斜陽照射進車內，有位老婦人任憑身體隨著車輛的搖擺搖晃，不敵睡意地打著瞌睡。

浩平在長條座位的中間坐下來。同排座位上沒有其他人了。

垂吊在車內的電子看板，不停重複播放著太空旅遊的廣告。

感受著照在後腦杓上的冬陽及座位下方的暖氣，在電車的搖晃中，反覆回想起方才與井上部長和加藤的對話。

不知從何時開始，變得不被公司期待。不，甚至可以說浩平打從一開始就不被公司所期待。

在就業博覽會上，其他公司光看文件就把他刷掉，不知爲何只有這間公司順利地進入了面試，拿到了內定。而且還是浩平最希望的研究職缺。收到內定通知的瞬間，浩平還偷偷在心裡想著再也沒有比自己好運的人了。

到此爲止都很好。

進了現在這間生產醫療儀器的大公司當研究員的浩平，就在進公司那一年的春天，第一天上班就遭遇車禍，不得不住院了三個月。

之後雖然能夠再回到職場，但因爲車禍導致無法隨心所欲地控制右手拇指、食指和中指。因此，不僅不能進行研究開發所必須的雙手作業，連寫字都無法好好寫，於是被調到了業務部門。從收到調部門的通知那瞬間開始，浩平認爲再也沒有比自己倒楣的人了。

浩平的人生齒輪開始狂亂地轉動。

自小就不擅長與人應對的浩平，一直以來的夢想就是從事一個人埋首研究的職業。這可以說是不善交際的他夢想規劃出的人生藍圖。爲了實現那樣的理想，打從孩童時期就一個勁兒地埋首苦讀，直到從理科的研究所畢業後，進了這間公司。

也就是說，要與人接觸以取得業績的業務工作，是浩平一直以來極力避免走上的一條路，想當然爾，心中已存有著這樣的想法，也不可能能夠在業務工作上有亮眼的表現。

跟熱切說著想要在這間公司實現夢想與希望的加藤一起工作，彷佛見到當時取得內定資格正要開始進入職場的自己，浩平總會不經意地浮現苦笑的神情。

「加藤的夢想還眞大啊。」

有一次，浩平諷刺地說過。

「啊，抱歉……」

加藤對壞了上司心情的事情道歉。

察覺對方感情上的細微變化，加藤的這種能力比別人強上許多。浩平非常明白，光是這一點，加藤就遠比自己還適合業務工作好幾倍。

「課長在這間公司沒有想要實現的夢想嗎?」

這問題實在太直接了，浩平不打算聊這個話題。

反正總有一天加藤會變得跟自己一樣吧。

不知不覺間，被公司利用殆盡，不能表達不滿，只能完成上頭的交代，而後驚覺每一天都無路可逃，於是只剩嘆息。直到那時，才會明白自己只是被公司以夢想或希望豢養著罷了。

不過，等到發現時已經太遲了。習慣了被馴養的動物，便極難再回到野外。要是朝著沒有給新的人生飛奔而去，是否還能像現在一樣生活?想到這裡，便受不了對未知的不安，結果還是只能爲了要在現代社會生存下去，而像個奴隸般屈服。

接著，公司會敏銳地揪出對公司抱持著不滿卻又不得不咬牙苦撐活下去的成員。

自然地，慢慢對於像浩平這樣的員工不予期待，轉而重視像加藤這樣能將夢想、希望化爲「工作原動力」的新進員工。

浩平瞄了一眼別在西裝左胸的公司徽章，嘆了口氣。

在一個圓當中，有一個S字樣，圓周上十點鐘處設計了一顆星星。這個無人不知的公司徽章，在進公司的當時曾引以爲傲。如今卻像孫悟空頭上的緊箍一般，是用來束縛「被支配的人生」的枷鎖。

浩平這才發現自己忘了關閉徽章電源，急忙關掉開關。徽章上的星星是小型攝影機。上班時會自動錄影，業務部員工所見者，皆會自動從部長室內整排的螢幕播放出來。曾聽前輩說，以前那個年代，外出的業務員會溜到柏青哥、咖啡店消磨時間，或是將車停在超商停車場裡睡覺。現在看來眞難以想像。

車窗外頭，家家戶戶屋頂上的太陽能板將光線反射過來，飛掠過浩平的眼睛。

陽光太刺眼了，他眯起眼睛。

親生父親過世，這樣的現實擺在眼前，內心感到自己有「多多少少要回憶、想念一下父親」的義務。但不知爲何，就是沒有那樣的心情。應該說，「都已經不知道幾年沒見了，實在沒有什麼感受」還比較貼切。

「像是心裡破了個大洞……」這樣的話誰都會說，但浩平的心情也不是那樣。彷彿是在某個遙遠國度發生的事情一樣，有種距離感。

在意的事情，是井上部長、加藤，以及自己在公司內微妙的人際關係。也就是，他淨想著些短近的問題……。

對於父親的死訊，不要說流過一滴淚了，整顆心都充斥著對現下的不滿。對於這樣的自己，甚至想過內心是不是欠缺了某個部分。

同時，也對自己這樣的個性束手無策。也許是不擅長苦人所苦吧。可是，自身的痛苦卻再小也無法忽視。

浩平嘆了一口氣。

不管被不被公司期待，都要先做好「應該要做的事」，這點是不會有變的。浩平從公事包裡拿出平板電腦，想趁現在做點能夠做的工作。有許多不在公司也能進行的工作。

碰觸螢幕，辨識過指紋，進入了平板電腦。最先映入眼簾的是汽車網站。昨晚看著看著便睡著了，頁面原封不動地停在那時候。

浩平的心思又被頁面拉回到昨天的問題上。

「車子啊……」

雖然在換車的事情上跟妻子日菜意見一致，但車種、等級、顏色、選擇性項目等，要決定的細節每一項都意見不合。

「當然是外觀帥的好啊」浩平說。

「比起外觀，不會故障比較重要啊。菊池家的車，說一次都沒有故障過呢」日菜便這麼回應。

的確，現在浩平的車是二十年前的汽油車，經常故障。剛開始交往時，約會中車子發生故障，她還會笑笑地說「會變成美好的回憶，沒關係的」，現在便說「要是又故障的話，旅行就泡湯了，坐線性新幹線[2]吧」，打從一開始就將開車排除於選項之外。

「也要有相當的馬力……」談到這個話題，被回道：「不用買到那麼大的車啦。菊池家的混合動力車，他們說常開，都沒感覺到馬力不足呀。」

看來日菜想要的，已經內定是菊池家的車了。對浩平而言，這是無論如何都想避免的選擇。

賣掉自己最愛的車，然後買跟隔壁鄰居一樣的車……。想到兩台一樣的車並排在一起，浩平搖搖頭，便想從腦子中抹消掉那個畫面。即使如此，也不能因爲就這樣忽略日菜說過的話。

「在日菜說想要的車種中，找出自己也會喜歡的車」浩平想到這個主意便立刻行動。於是找到的車，就是現在頁面上的這台。

2　線性新幹線是日本媒體對「超導體磁浮線性馬達新幹線」的簡稱。

問題在於車子的等級。浩平想要可以切換自動／手動駕駛模式的 G 型氫燃料電池車，但與日菜談的話，一定會被她說：「這個 E 型比較便宜，最好了不是嗎？」

浩平手被拉著，走在布滿美麗楓紅的公園。

晴空萬里，土壤的芳香被乾爽的空氣吸取而上，浩平不禁用力大口吸進那令人懷念的味道。

「浩平，聽我說，聽我說！」

拉著手的小女孩停下腳步。

「我啊，有去過別的星球喔。」

浩平又驚訝又懷疑地看著小女孩。

「別的星球？」

「對。雖然你可能不相信，但是在這地球上去過別的星球的，只有我一個人。」

「那個星球叫什麼名字？」

「不知道。雖然我不知道，不過那是個非常美好的世界。我好想讓浩平也看看那個世界的景色，但是去過那邊的只有我，所以我可能沒辦法好好地說給你聽……」

小女孩漸漸放慢了說話的速度，最後浮現出傷心的神情。

似乎是小女孩見到浩平的表情流露出對她所說的不信任。

「你不相信我，對吧。」

「沒那回事啦。」

浩平慌慌張張地討好小女孩。

「哇，那眞是不得了耶。地球上只有妳一個人去過別的星球啊。好棒喔。妳怎麼去的呢？是外星人來帶妳過去……之類的嗎？」

小女孩輕輕搖了搖頭。

「是浩平的爸爸。」

「咦？」

浩平皺起眉頭，凝視小女孩的臉龐。

「好幾次好幾次，他帶我去了好多星球。」

「被我父親？」

小女孩點頭，然後，展開笑靨。

「我父親？帶妳去外太空……？」

浩平死命追趕跑出去的小女孩。

明明對腳程是很有自信的，但與小女孩的距離卻漸漸拉開。無論如何加快腳步，都都無法如願。抬起的腳步到著地爲止就花了許多時間。在這段時間，小女孩又漸漸遠去。越是掙扎，浩平的身體越是像中了緊縛咒一般，寸步難移。

變回了小孩子的浩平，感到肩上輕柔地搭著大人的手，傳來了一股溫暖。終究，他放棄了追趕小女孩。

那人不發一語，卻傳達了浩平「沒有必要再追下去了喔」。

浩平抬頭望向那人，卻因爲逆光而看不清是誰。

浩平感到膝上一道衝擊而醒來。膝上放著公事包與外套。

「已經到了喔。」

眼前站著身穿制服的女孩，拉著浩平的手。戴上原本左手拿著的眼鏡，定睛一看，才看清楚那是中學二年級的女兒，凜。走道上，妻子日菜站起身來，正穿著外套。

「已經到了呀。」

浩平望向車窗外的景色。

放眼所見，是二十幾年來幾乎沒有變過的、令人懷念的景色。

過了剪票口，出了車站，見到的景色也與浩平當年回家時的景色幾乎一模一樣，而那離現在已經有十年以上的光景了。

一家三口坐上計程車，往浩平的老家去。

凜與日菜在後座互相確認服裝儀容有無不整。會回老家的只有浩平一個人。日菜跟凜都有一種去別人家的「緊張感」，但只有浩平一個人不會緊張。

坐在副駕駛座的浩平，茫然地望著窗外回憶著故鄉的街道，但從車站前一轉進市中心，市容便有了巨大變化，殘存至今的過往已所剩無幾。

浩平發現，那個變化是起因於新建了既筆直又寬廣的道路，縱橫交錯在城市裡。如果只有建築物是新的，那還可以回想起「以前這裡有過……」。但是，新建的大馬路開通了以前什麼都沒有的地方，沿著馬路林立了大型購物中心，這樣的景色完全無法想起以前在那個地方有過什麼。

浩平感到一絲寂寥。

話雖如此，但越接近老家，有印象的小路、從古早就存在的建築物便越來越多。沒有變的地方還保留著當年的面貌。

隨著觸及令人懷念的景物，有關父親的事也一點一滴地回想起來。

誠實說來，浩平少有對父親的回憶。

父親雅彥是位醫師，也許是忙於醫院事務的緣故吧，不太有父親陪伴遊玩的記憶。但也說不定，正因為與父親接觸的次數少，所以每一次都留下強烈而深刻的記憶。

搭乘的計程車經過一棟公寓旁邊時，其中一個記憶鮮明地跳了出來。

那邊以前是棒壘球打擊場。

浩平還小的時候，曾經央求父親帶他來過。但幾乎都沒有擊中球，老是揮空。惱羞成怒，於是又央求父親讓他再打一次。但這次也一樣一直揮空，讓浩平自尊受創。

「還要打嗎？」父親雅彥問道，但浩平只是無力地搖頭。

浩平不曾忘過，當時父親對他說了一句話。

浩平，不要擔心。在人生中所獲得的，並不是只取決於才能。

車子在老家門前停下。

計程車離去後，在一片寂靜中立於玄關之前，想到在這扇門後躺著再也不動了的父親，心臟的跳動快了起來。即使如此，對於開門也毫不感到半點猶豫。

浩平伸出手去開玄關大門。

葬禮上來的人遠比浩平料想的還多。這是父親雅彥被許多人景仰著的證明吧。

雅彥的友人以及報上姓名的人們說著「你長大了啊。還記得爸爸的事嗎？」的制式問候。待在孩童時期的人際關係中，那份懷念、那股被守護的安心感，以及因之而來的拘束感，這些自己曾經有過的感覺一下子都甦醒過來。

從殯葬場回來後，浩平在臨時擺設於和室內的祭壇前坐下。母親久繪則在與和室相連的客餐廳裡，正要坐到椅子上。

「嘿咻。」

今後將一個人生活的久繪，她的聲音一如往常地爽朗，浩平多少放心了一點。

葬禮結束，家中只剩下浩平、久繪、妻子與女兒四人後，馬上被拉回現實中來。雖然有許多「今後的打算」、「要考慮的事情」，但毫無頭緒，不曉得首先該從何考慮起。

久繪也是一樣的吧。

「呼」地嘆了口氣「我來泡點茶吧」久繪朝著浩平的背影說道，也不待回應便逕自起身往廚房去。

日菜與凜在別的房間打包行李。凜還要去上學，因此兩個人今天內就要回東京，浩平一個人留在老家。

浩平望著雅彥的遺照。正好是幻燈片切換到下一張相片的時候。

那是幾年前拍的，相片裡的表情穩重。

雅彥在世時從沒想過，如今看著父親的相片，關於當下自己所身處的狀況、今後該如何安身立命，一種想問問雅彥意見的心情油然而生。

就那樣望著遺照，浩平自己也不知道過了多久。

一回神，久繪已經端著茶來了。

「好了，請喝。」

「啊，謝謝。」

久繪將兩杯茶放在一枚板的檜木茶几上，將茶盤放在膝上坐下來。

浩平不知該怎麼開口，便暫且繼續望著雅彥的遺照。

久繪也同樣，不發一語地望著雅彥的相片。

「來了好多人哪。」

「是啊。」

久繪的表情看起來像是在笑，但浩平卻無法從表情讀出她實際上在想些什麼。

打破沈默的，是久繪。

「對了、對了，你爸爸有留下遺言。」

「遺……遺言？」

浩平驚訝到不禁失聲。

浩平知道，雅彥自行開業，其收入除了不奢華浪費的基本生活開銷以外，幾乎都只用於兩項事情。一個是捐贈予兒童設施，另一個是雅彥自己的嗜好。但是，浩平對那個嗜好一點興趣也沒有。所以說，如果有遺留下來的物品，浩平還可以想見，但是如果是那個嗜好的話，對浩平也毫無用處。

除此之外，前田家應該也沒有需要留下遺言的財產。

久繪兩手支撐在茶几的桌面上站起身來，從裡面的房間拿出一個白色信封。

「上面寫著什麼？」

「想說跟浩平一起看，所以還沒打開。」

久繪說著，便將尚未拆開的信封伸到浩平面前。浩平緩緩地伸出手接住。

信封正面寫著「遺書」，背面寫著父親的名字「前田雅彥」。即使歲月流逝，字跡已與浩平所記憶的有所不同，他還是能感覺到那就是父親親筆所寫。

浩平與久繪對看一眼。久繪輕輕地點了點頭。

浩平拆開信封，正觸及其中的信紙時，又停頓了下來，想了一下，然後抬起頭看著久繪。

「媽，這個……」

他不認爲父親會爲了家人留著一筆財產。那樣的話，便很有可能寫著什麼別的事情。例如，「其實你還有個兄弟」之類的……。

不好的預感盤踞在浩平的腦海裡。

浩平還沒有準備好接受像那樣令人驚愕的事實。
「沒問題的。你讀讀看吧」
久繪的樣子依然與平常一樣，冷靜沉著。
貌似是已經做好了不論內容如何都會接受的心理準備。
浩平再度將目光移向信封，取出折成三折的信紙，慎重地展開。

遺書

「離屋」可以自由使用，但若不用，則在我死後一年內必須保留，不得買賣。一年後，要如何處理，則一概不過問。其他遺留下來的物品，其處分或保存，均交由吾兒浩平處理，但「書房」之鑰已交由「適當之人」保管。
書房之中所有之物如你們所知，若浩平認為書房之中所有之物為必要之物，便向該適當之人索取鑰匙。

若浩平認為不必要而將書房原封不動地賣出，則因書房之內所有一切都將傳給購買者，所以切勿變動書房內所有之物，應保留原本之狀態賣與對方。

二〇五四年十一月二十三日

前田雅彥

「這什麼？」

浩平讀完遺書，抬眼看著久繪。久繪從浩平手中取過遺書，面不改色地默默讀完。

「不就是上面寫的那樣嗎。」

久繪笑笑地將遺書還給浩平。他再看一次。

首先，「離屋」是浩平知曉的。

原本沒有任何嗜好的雅彥，在浩平出生的那一年，突然在老家附近買下了一棟小房子。有時候是裝潢業者，有時候是雅彥自己，出出入入那棟房子，花了很長的歲月來來回回改建它。那是一個，如果一家人同住會顯得狹小，但一個人用來放鬆卻十分足夠的空間。一樓是客餐廳、廚房，以及書房。二樓有間客房，是給親友來訪時過夜用的。那邊簡直是雅彥的小城堡。

浩平有去過幾次「離屋」。但對浩平而言，那只不過是個無趣的地方，每次都不會待太久，去一下就離開了。

當然，也有進去過「書房」。

那個房間將天花板拆掉，挑高至二樓樓頂，並將整面牆做成書架。直到自己成人了，才明白改建想必花了不少費用與時間吧。那時候浩平還是嬰兒，對書架的樣子沒有印象，等到浩平注意到時，架上已經幾乎塞滿了書。

帶點綠色的深藍地毯鋪在房間的正中央，豪華的照明傾瀉而下，其下是寬廣的書桌正對著入口。

父親雅彥很喜歡這間房間，一天必定會進去這間房間一次，但對浩平來說，實在沒有比這房間還要無聊的地方了。

在這遮蔽掉周遭聲音的世界中，只陳列著書本。

雅彥並不執著於物質，還曾公開表示「身邊的物品越少越好」，也確實在世時極力減少身邊所擁有的物質，但只有書本是例外。

除了自己拿書起來、眼睛追著一個個的字之外，沒有任何事可做的房間。對還是個孩子的浩平而言，排列著的書淨是些看起來就很困難的書，而且這時代只要有個平板電腦就能讀到全世界的電子書了，看著殷切探尋一本紙本書然後看完再放回書架便感到滿足的雅彥，像是看著「落伍的代表」，就只會想著眼不見為淨。

因此，浩平進雅彥書房的次數，兩隻手就能數得出來。再怎麼搜尋為數不多的記憶，浩平所能想到的「書房之中所有之物」也只有書了。而且還是紙本的。

「書房之中所有之物，我只知道有書。」

「我也只知道書呢。」

「媽，那妳有沒有看過書桌的抽屜？」

久繪微笑著搖搖頭。

「沒有呢。但是我想是不會有像你想像的那種貴重物品，或是戲裡演的那種天大秘密。對了，不是有留下來的相片嗎？你爸爸啊，不管是書還是相片，他都不喜歡存成數位檔保存起來。」

「嗯嗯。」

浩平雙手抱胸。雖然心裡不是全盤接受，但直覺上覺得久繪的推測是正確的。當然，也有可能久繪隱瞞著什麼……。

「我看不懂的，是這個，『適當之人』到底是誰啊。」

浩平瞄了一眼久繪。久繪聳了聳肩。

「是誰咧。」

「不是吧，媽也拿著鑰匙吧？」

久繪緩緩搖頭。

「我沒拿鑰匙啦。我連書房上著鎖，都還是現在才知道的呢。」

「怎麼可能……」

浩平望著久繪，但卻看不出一絲謊言。

久繪啜了口茶。

「要找嗎？」

「啥？」

「你打算找出誰才是『適當之人』嗎？」

浩平啜了一口茶。

「只有去找了吧。畢竟只有那個人拿著鑰匙。」

久繪壓著聲音呵呵地笑。

「什麼啦。」

「因爲，你找出那位『適當之人』，拿到鑰匙之後又怎樣呢？你爸爸的遺書裡也寫說書房之中所有之物就和我們所知道的一樣呀。這樣的話那裡面就只有書了吧。浩平，你要看書嗎？」

「我是不想要什麼書啦，只是覺得好像有什麼其他的東西……」

浩平有點頂撞地回答。

浩平從高中畢業便離家在外。該說是對事物的想法或說是人生觀，總之在諸如此類的事情上，浩平每一件都與雅彥採取對立。他明白那是青春期特有的反抗。在每個孩子眼裡，父親既是最尊敬的對象，也是一堵難以跨越的高牆。

在被高牆保護著時，沒有任何事物比它更令人有安全感。父親曾是浩平的驕傲。但曾幾何時，隨著自己長大之後，最親近的父親卻成了競爭對手。然後，開始意識到自己將父親視爲一位競爭對手、一個必須超越的對象時，那個巨大的存在變成了痛苦。對浩平而言，雅彥就是那樣的存在。

因此，雅彥越是強調「將自己的人生導向幸福的，正是『書』的存在」，浩平便越厭惡書。

即使遭遇任何困難，每次只要他說「看書比較好喔」，浩平便刻意選擇不看書地去解決難題。

「什麼照著書上的常識去過生活，我才不要咧。我要貫徹我的生命之道！」。浩平可以說從還很年輕時便如此定下了人生方針。從那以後，便固執地貫徹那個生命之道，頑固到甚至連自己都覺得滑稽。

「我覺得，你爸爸一定也想到讓你討厭書的就是他自己，所以才不想勉強你的吧。」

聽到這番話，想到自己因為對父親的反抗而執意不去閱讀書本，不肯降低姿態，感到自己眞是個不肖子，不由得感到難爲情。

「嗯，反正……他這樣寫，就會讓人在意書房裡是不是有什麼其他的東西在嘛。這樣下去也不是辦法。」

「嗯，你說的也是。」

久繪又啜了口茶。

「媽，說起來，有這種東西應該早點拿出來的嘛。如果昨天有給我先看過，還可以跟來參加葬禮的親戚們確認的說。」

參加葬禮的親戚中，除了浩平等四人之外，也有到家裡坐坐的。

「我也沒想到遺書裡寫著這種事呀。而且我一直到剛剛才想起來嘛。」

久繪悠哉地說著，又站起身來。

浩平回想每一個參加葬禮的親戚的面容。如果說雅彥所言「適當之人」是與父親親近的人，那麼從到剛剛為止都待在前田家的人當中考慮便理所當然了。

「崇義叔叔我記得也跟爸一樣喜歡書？」

浩平朝著進了房間的久繪大聲說著。久繪沒有回應，卻拿著數位相框回來。

「這個應該可以看到以前的相片啦。」

久繪說著，將數位相框交給浩平。

「崇義應該是不會看書的人喔。會不會是其他的人？親戚也有沒來葬禮的呀，從沒來的人之中找看看？」

浩平點著觸控面板，一張一張地翻過，檢視著家人和親戚的相片。

這些相片依照時間順序整理過，是從雅彥任職於大醫院時開始拍攝的。白衣的雅彥看起來非常年輕。雖然這話由自己說很奇怪，但相片中的雅彥跟自己還眞像。相片中的其他人都不認識。究竟會不會有到現在還有聯絡的人呢？又再翻了一下，漸漸出現了小時候的自己。在自己旁邊的雅彥一臉的喜悅，那表情既令人印象深刻，又令人意外。

雖然記憶中父子兩人幾乎沒有共通點，但也許實際上，笨拙的父親用他的方式打從心底愛著自己。有某種第一次感覺到的情感湧上心頭，像是胸口被緊緊綑綁住一般。

終於翻到底時，浩平突然叫了一聲。

「啊！」

浩平瞪大雙眼，盯著螢幕。

「怎麼啦？」

久繪還是一派悠哉地應話。

「這是誰？」

浩平將數位相框轉個方向給久繪看。那張相片是雅彥和一位小女孩的合照。從相片的順序來看，大概是浩平快上小學之前的相片。小女孩年紀約莫是二年級左右。

久繪以拇指及食指放大相片。

「喔，這是……洋子嘛。」

「洋子？」

「對啊。你的裕一伯伯的女兒。你伯伯離婚後，洋子跟她媽媽一起住，所以已經很久沒見了呢。這張相片，應該是她還有來我們家的時候最後照的吧。」

浩平像是用搶的一般，將久繪手上的數位相框拉過來靠近自己，再仔細盯著相片瞧。

「你怎麼了？表情好恐怖。」

「不……沒什麼。」

相片裡的「洋子」，毫無疑問地就是在夢裡出現的小女孩。

而且，還跟父親一起出現在相片裡。

小女孩說過。「我啊，有去過別的星球喔。而且，帶我去那邊的是『你的爸爸』」。

這種夢話說給久繪聽，浩平無法想像她會相信。

不過，浩平的直覺告訴他，最有可能是「適當之人」的就是她了。即使她不是，也肯定是輾轉找到書房之鑰之前「有必要見一面」的人。

浩平還是沒有將那個夢說出口，而是問了別的。

「現在這個人在哪裡？」

「不知道耶。而且，裕一伯伯也過世好幾年了呢。」

「……」

浩平並非期待有什麼「隱藏的遺產」。只是感到，自己至今從未做過一件稱得上孝順的事，而找出父親遺言所說的「適當之人」，是自己所能——不，是非做不可的某種儀式。

這時候的浩平，還是懷著輕鬆的心情。

聖域

「離屋」位於浩平老家約 200 公尺處。用母親久繪給的玄關鑰匙開門，進了屋子。孩提時的記憶都甦醒了過來。走廊盡頭的門總是讓它開著，朝南的大片玻璃窗外，是精心維護過的庭院，但看得出來已經開始荒廢了。

脫下鞋子進入屋內，放置著一張高背靠的單人沙發。

從浩平的角度雖然看不到背靠的另一面，但彷彿能感覺到雅彥就坐在那張沙發上。

浩平直接走過客餐廳，去開書房的門。當然，書房的門上著鎖。他喀拉喀拉地轉門把試圖開鎖，也還是行不通。

沒辦法，只好去客餐廳地毯式搜索了。只要有櫥櫃，就將抽屜都打開看看。但是，抽屜都經過一番整理，不要說鑰匙了，也沒找到沒見過的東西。

在整棟屋子內東晃晃西晃晃地找了約一個小時，浩平深深坐進那張朝著庭院的單人皮革沙發，靠上椅背。

將身體整個交付與沙發，背靠傾斜，腳踏板也上升到一個恰恰好的角度。

浩平嘆息，望向庭院。他全身都照到了冬陽，與外頭的寒冷相反，身體從裡面暖和起來。

「好了，接下來該怎麼做呢……」

浩平伸直雙腳，兩手枕在腦後。

忽然地他向右看去，沙發旁的小桌子上堆著幾本書。

浩平感到那似乎是父親在最後所看的書，而拿起了最上面的一本。

翻到書名頁的那一刻，浩平不由得從沙發上彈跳起來。

那一頁，手寫著一行話。

託叔叔的福　謝謝您　洋子

其下還寫著電子郵件的地址。

「on……」

浩平小聲地下達指示，智慧眼鏡便開啓了電源。眼鏡的鏡片便是螢幕。透過聲控開啓電源，戴著眼鏡的人便會見到在一公尺遠處，各式軟體浮現在眼前。

看著電子郵件的圖示眨眼，便開啓了電子郵件。

浩平語音輸入電子郵件地址。

齊藤洋子在大阪成立了自己的事務所，是人才派遣公司的經營者。浩平也耳聞過該公司，在業界非常有名。

曾面臨過少子化高齡化的日本，爲了內需擴大與確保勞動力，開始積極地接納外來移民，這間公司就在那段期間，透過提供日語與日本文化的教學以及協助工作上的斡旋給希望能夠在日就職的外國人，而趁勢起飛。其後，看上高齡者的二度就業，便全國性地展開「二度就業博覽會」。在浩平公司中工作的不丹人，旺楚克，也是在洋子所開的公司斡旋下進入的員工。

那公司的創業者竟然就是自己的堂姊，而且還與自己年紀相仿，除了感到震驚，同時也感到自豪。

電子郵件中所指定的辦公室，位於剛新建不久的大樓的八十層樓。浩平還有印象，一年前新聞曾大肆報導過這棟大樓的落成。

站在大樓的入口前，浩平抬頭仰望，就在此時，智慧眼鏡的螢幕左上方顯示了「您有一封郵件」。看著那個提示眨眼，郵件便隨即打開。是加藤寄來的。

︹前田課長。我做到了。取得了新契約。
對方竟然是！那個東都大學醫院。
之前他們使用別家公司的產品，
現在聽說他們要全盤檢討，統一採用我們公司的產品。
您回公司時我再向您詳細說明，
目前已先告知對方負責人是課長。
現在我要去做簡報了！︺

就連現在也可以想見雀躍的加藤。

浩平早就明白加藤身上有著自己所沒有的魅力。不過，不論自己是否在公司，他都能如此輕易地取得這幾十年來難得一見的契約，還眞的粉碎了浩平的自信，使他無法爲下屬所取得的成果由衷感到高興。

「off。」

浩平粗魯地下指令，關閉智慧眼鏡的電源。

用力吐了一大口氣，轉換心情，再進入建築物。

高速電梯到達八十層樓，開門後，眼前出現的是大理石製的櫃檯，而接待的是「京小姐」。京小姐能自然地與人對話，擁有新一代的人工智慧，且使用極為近似眞人的人工皮膚，是最先進的接待機器人。其價格之高昂，連浩平的公司都會猶豫是否要導入。浩平的公司是使用舊型的「雅小姐」。

這種機器人，原本是開發來跟沒人可以陪伴說話的高齡者之用，製造醫療機器的浩平公司也曾參與過開發。對話機器人的開發，是浩平進公司前想從事的工作之一。但如今已無法實現夢想，只能看著某人做出來的機器人，徒然嘆息。

京小姐認了認浩平的容貌，毫不發出機械聲響地站起來，恭敬地行禮。

「我是前田浩平，下午一點與齊藤社長有約。」

浩平刻意用比跟普通人還快的速度說話。

「讓您久等了，前田先生。齊藤有交代過。會由另外一位來帶您，請稍候。」

京小姐仔細確認了浩平所說得的後迅速回應，並再恭敬行禮。接著立刻聽到稍遠處有機械解鎖的聲音，有扇自動門開了。從中走出一位穿著西裝的女性員工。她的穿著是以最近流行的新材料做成，即使寒冬也只穿著這麼一件，似乎完全感受不到寒冷。

「這邊請。」

經過走廊，來到寫著「會客室」的小房間。

「齊藤馬上就來，請您在此稍候。」

「啊呀，謝謝。」

浩平震懾於這遠遠超乎預料的氣派辦公室，好不容易才回神來應答。雖然非因公事而來，但幸好穿著正式服裝，才免顯得失禮。

寬敞的會客室，看起來甚至還能舉行會議。會客室內，沙發面對面擺放著，中間隔著矮桌。浩平在其中一個沙發坐下，環視整個房間，覺得這種房間眞不多見。

不一會兒，與入口正對面的那扇門響起了敲門聲。看似另外一邊還有別的房間。

浩平一邊答著「是」，一邊職業病地急忙站起身，迅速整平西裝外套的皺摺。

從門後走出來的女性，沒有見過面的印象。

不過，浩平夢中所見的小女孩，確實便是昨天在老家所見相片中的小女孩，而眼前的女性，其容貌依稀可見小女孩的輪廓。理應年紀大於浩平，但看起來非常年輕。這都要歸功於保養品驚人的進步，讓許多五十歲的女性，皮膚狀態卻能保持在三十歲。所以對眼前女性的容貌也沒什麼好大驚小怪的。

洋子滿臉盈盈笑意。

「小浩？你可終於來啦。」

明明年齡相仿，那股親切感卻像久未碰面的阿姨一樣。洋子走近浩平。

「那個，該怎麼說好呢。雖然不是初次見面，但是，我對洋子女士沒有什麼印象……」

輕輕回握洋子伸出來的手，浩平的問候不像從事業務工作的人。

「不用勉強啦。最後見面時，我十歲，小浩才幼稚園呢。雖然這麼說是很當然啦，不過你長大了呢。」

浩平向下看著比自己矮的洋子，不經意地噗哧一笑。

「坐啊。」

洋子促請，浩平便坐了下來。

洋子則隔著矮桌，在對面的沙發坐下來。

「說起來，你竟然知道我的聯絡方式啊」

「啊，因爲 mail 裡面也有寫……」

「小浩，我們是堂姊弟，就不用用敬語了啦。」

「抱、抱歉。一不小心，職業病就……。是因爲這個我才知道的。」

浩平將一本從雅彥的「離屋」帶來的書放在矮桌上。

洋子拿起了那本書。

「我多少猜到你是看到這本書啦，我想講的是，你竟然找得到這本書。畢竟，我聽叔叔說小浩你完全都不看書的。」

浩平苦笑著搔搔頭。

「他連那種事也……」

對於洋子連這種小事也知道，浩平非常訝異。感到有點不好意思，便換個話題。

「話說回來，洋子姊，妳好厲害喔。妳創立了這麼大的公司耶。」

「謝啦。」

洋子也不表示一下客套，而很直率地答謝。

「比起這個，叔叔過世的消息，我還是從小浩的 mail 才聽說。對不起啊，我沒去葬禮。」

浩平猛烈地搖頭。

「沒告知妳嘛，這也是沒辦法的事呀。比起這個，洋子姊跟我爸有聯繫過的事，這比較讓我驚訝……」

「都是拜這本書所賜喔。」

洋子將方才從浩平那邊拿走的書舉到與自己的臉部同高，說道。

「書？」

「沒錯。而且還是這本書。」

浩平仔細瞧瞧書的封面。

該書名爲「書房的諫言」。沒有聽過的作者。

「還是小孩子的時候，暑假時親戚們都會聚在小浩家，你記得嗎？」

「啊啊，多少記得。我記得我們玩的太開心太瘋狂，最後還頭痛。」

「雖然是我爸爸年紀比較大，但繼承醫院的卻是雅彥叔叔，所以大家都會聚在那邊的。」

一直到浩平要上國中前，親戚們都有來聚聚。但是卻沒有對洋子的記憶。說起來，不知從何時開始不再這麼相聚了。

「大家聚在一起，孩子們就玩在一塊兒了。可是，所有親戚的小孩都是……」

「男生。」

「沒錯，都是男生。只有我一個人是女生，都沒辦法一起玩。所以，我都不在小孩堆裡，跑去找大人，然後小浩的爸爸一定會叫住我。說『叔叔帶你去一個好地方吧』。」

浩平突然大叫。

「別的星球！」

洋子吃驚地停住話頭。

「洋子姊，妳聽我說好嗎？老實說，我夢到小時候的洋子姊了。雖然我那時不記得那是誰，但是昨天看到照片，才知道那是洋子姊。然後然後，夢裡洋子姊說了句奇怪的話。」

「奇怪的話？」

洋子一臉疑惑。

「嗯。妳說妳有去過別的星球。而且還是只有妳去過。而且妳說，帶妳去那邊的，還是我父親……」

洋子睜大雙眼認真聽完浩平說的話，但楞了一下，便止不住似地大笑起來。浩平暫且看著她笑，但洋子笑得停不住，讓浩平覺得被當成了笨蛋一樣，不禁囁嚅：

「妳也不用笑成那樣吧。就是作夢嘛。是在說我竟然作了那樣的夢而已。」

「哈哈！……抱歉我笑成那樣。」

洋子以指腹拭去眼角的淚。

「但是，我說不定說過那樣的話。」

這次換浩平驚訝地抬頭。

「咦？」

「因爲我曾那樣想過。」

「怎麼說？」

浩平傾身傾聽。

「那個啊，如果說，浩平你一個人去了這個世界上誰都沒去過的別的世界，在那個世界遇到許多人、見到許多事物、有許多感觸，然後回到現在這個世界。這種時候你會有什麼心情？」

洋子這番話太超離現實，浩平實在難以具體地想像出所謂「如果那樣」之類的事。

「我會有怎樣的心情啊……。嗯，一定會想講給誰聽吧。說我見到了別的世界這樣。」

「是吧。我也正是那樣想的。」

「這麼說的話，那妳眞的去了別的世界囉？」

洋子又笑了。

「是我看了書啦。」

浩平呆住，望著洋子，一會兒才理解洋子想表達的意思，垂下了肩膀苦笑。

「妳是說想像的世界對吧。」

「沒錯。但你也不用這麼失望啦。畢竟，我覺得兩者是一樣的喔。」

「一樣的……？」

「對。當你看完一個故事，腦中就會浮現出角色啊，和故事場景吧。就像那樣想像出一個世界，故事就在那個世界展開。但是，自己所想像出來的世界和角色，實際上並不存在於我們所生活的這個世界。而且，任誰也沒辦法去那個世界遊歷。畢竟，同一本書給不同的人讀，腦中所浮現的角色的神情、特徵，還有景色，都會不一樣，對吧。」

「的確，妳說的沒錯。」

浩平將往前傾的身體挺直，往後靠到沙發椅背。

「對我來說，閱讀一個故事，跟在只有自己知道的世界遊歷，兩者是一樣的。現在也是這樣。所以，我才這麼努力地想要傳達給別人知道，那個我所看過的世界。所以，說不定我有跟小浩說過那樣的話呢。唉呀，實際上我不記得到底有沒有說過啦。」

浩平點點頭，投以洋子一個笑臉。

「但是，我還眞是意外呀。」

「什麼？」

「像妳這樣在商務上這麼成功，我還以爲妳不會去看小說之類的呢。」

「小浩，你眞的這麼想嗎？」

這次換洋子苦笑了。

「我會看小說呀。小說裡會出現各色各樣的角色吧。有悲，有喜，有連環的危機，有勇氣也有感動。有遊手好閒的人，也有胼手胝足的人。然後，就算它是小說，當我跟主角的生命之道產生共感，那就不是單純的虛構故事而已。甚至會變成生命之道的指針呢。想到我也想要像主角那樣，那就會變成支持人生的力量。也拜它所賜，才有今天的我。」

「拜書所賜……的意思嗎？」

「當然啦，不只那樣。讓我知道書本的美好的，就是你爸爸，而指引我走上如今的生命之道的，就是你爸爸給我的這本書。」

洋子說著，再次拿起放在矮桌上的書。

「嗯……」

浩平像是很感佩似地望著洋子手中的書。

洋子望著浩平，忽然表情柔和起來，「我給你看一個好東西」說著便站了起來。

「來這邊。」

浩平被請起來，來到方才洋子進會客室的入口。門的另一邊，是社長室。

在寬敞的房間內，擺放著寬大的辦公桌。牆上掛著數不清的相片、證照及獎狀。雖然簡潔但卻富有品味。看著這房間內的高級擺設，不禁再次驚訝於堂姊的成功，也對自己感到可悲。

洋子一直走，經過了辦公桌，在社長室入口的深處還有一道看起來像曾是用於老房子的門。她向在入口附近環視房間又正猶豫著深入社長室的浩平招手。

躊躇著是否要如此深入社長室，但浩平仍舉步走上前。

「這扇門後面是……」

說著，洋子伸手去開上頭有著裝飾的水平門把。

「我的聖域喔。」

浩平在房間入口停下腳步，緩慢地環視整個房間。洋子看著浩平，像是開心似地問道。

「如何？」

「妳說如何……就算這麼問我……」

浩平不知該如何回答，只好僅就所見老實回答。

「這是……圖書館啊。」

「沒錯，圖書館。像這樣隔出一塊空間、拿紙本書來填滿這種事，現在這個時代已經很少見了吧。但是，就是這裡成就了今天的我。而我人生中所得到的一切，都源自於這裡喔。」

洋子看起來像是很開心似地，緩緩望著排滿了整面牆的書。如此環視一遍後，視線回到浩平身上。卻看到浩平絲毫沒有感動的樣子，洋子嘆了口氣。

「你看起來，好像沒什麼感覺呢。」

洋子有點失望似地說道。

「阿，不，沒那回事啦。老實說，像這樣的書房，除了我父親的書房以外還是第一次見到呢。現在這個時代還有蒐藏紙本書到這種地步的人，真的很吃驚。」

洋子兩手扠腰。

「我說啊，我可不是古董收藏家耶。算了，小浩是不看書的人，所以也沒辦法強求的吧。實際上，不看書的人來到這裡，每個人反應都一樣。臉上寫著：這麼安靜、沒有其他事情可做的地方，沒有比這種地方還要無聊的了。」

「我擺著那種臉？」

浩平急忙堆出一個笑臉，裝出很感動似地一邊點頭如搗蒜一邊三六〇度看了一圈書牆。

「你就正擺著那種臉。但是對我來說，這個地方，是比宇宙還遼闊的異次元的入口。」

「什麼宇宙、異次元的，會不會有點誇張？」

「一點都不誇張。我剛剛不是說了嗎，讀了一本書，就體驗了一次只有自己一個人才知道的世界。所以在這裡的每一本書，都鋪展了一個那樣的世界。

在這裡的書，小浩肯定一本都沒看過吧。在不看書的人來看，也許這裡不過是一個陰暗的倉庫。但是，一本就好，你只要有一本知道的書，那就會變成通往另一個世界的入口。

在這房間裡的書，我每一本都看過。也就是說，我擁有在這裡每一本書通往的每一個世界。對你來說，這只是個保存處，但對我而言，我可以瞬間飛到另一個世界，這裡是廣闊無垠的空間的入口啊。」

「書庫是……聖域……」

浩平自言自語般地囁嚅。

洋子正對著浩平而立。

「本來應該是你變得像這樣的。」

浩平對洋子扎進心裡的話語，感到胸口像是被捆住一般喘不過氣。

「我？」

「沒錯。雅彥叔叔是希望你變得像這樣的啊。也許是跟時代潮流相反的吧，但是創造自己的書房，然後用自己看過的書塡滿它。不知不覺，那變成你的聖域，變成醞釀出你人生一切所有的起源。而你的美好人生都從那開始。叔叔很想教你這件事。

但是，你完全沒有要接受的樣子。看到那麼寂寞的叔叔，我就代替你完成叔叔對你的希望。然後，我才有今天。

現在的我，只不過是叔叔從你小時候就希望你成爲的樣子而已啊。」

浩平被洋子認眞的表情及強烈的語氣所震懾，只能擠出一個要笑不笑的傻笑。

「但你卻頑固地老是說『我就是討厭書』，根本不接納叔叔對你的愛。叔叔也就不勉強你逼你去看書。我一想到叔叔的愛與遺憾，就……」

不知何時起，洋子已噙滿了淚水。

浩平感到難爲情，便移開目光。

洋子吸了吸鼻子，勉強擠出個笑容。

「你如果有多少想要接納雅彥叔叔的心意的話，就一本本閱讀叔叔書房裡遺留下來的書吧，慢慢來就可以了。你現在也沒必要再那麼頑固了，不是嗎？」

其實有感受到、卻裝作不存在的父親的愛與訊息，浩平在意料之外的地方接收到了。

即使洋子不說，浩平其實也有發覺。身爲父親的雅彥，想對兒子浩平說的，只有這個。但浩平卻一直逃避接收這個訊息。

「討厭看字」之類的藉口，是附加上去的。孩子氣的反抗心，到現在都過四十歲了還執拗地堅持著。這種幼稚，只不過徒然使浩平遠離閱讀。

浩平無力地笑笑。

「跟洋子姊說的一樣啊。父親過世後，我自己也稍微想過有沒有必要那麼頑固。還眞是子欲養而親不待啊。想不到自己這麼不孝。」

洋子笑著安慰。

「現在開始也不嫌晚呀。你去叔叔的書房看看吧。你一定會找到有興趣的書的。從那開始……」

洋子話才說到一半，浩平就忽然想到什麼似的睜大雙眼，面向洋子。

「這就是說，妳不是『適當之人』。」

「咦？」

「這個嘛……事實上，我進不了父親的書房。」

「——怎麼回事？」

「父親似乎將鑰匙交給『適當之人』了。我不知道那是誰。」

「鑰匙？……『適當之人』？可是，如果你進不了書房的話，你怎麼拿到這本書的呢？」

「書房外的客廳放著五、六本書。這本放在最上面，拿起來看看，就剛好看到洋子姊的名字……」

洋子手指頂著下顎，稍微思考了一會兒，又嘻嘻地笑了出來。

「叔叔啊，果然還是沒有放棄呀。」

「什麼？此話怎講？」

「這是『最後一招』，要告訴你他所想告訴你的。」

這一點，浩平也預料到了。父親雅彥應該是想要在死後，傳達給浩平「自己一生中最寶貝的是什麼」吧。

「那所以，有鑰匙的……」

洋子搖搖頭。

「很遺憾，不是我。」

「有沒有想到可能是誰？」

「你這麼問，是對書房裡的內容有興趣了？」

「沒啦，比起書，我比較想知道那個房間裡有什麼別的東西。」

洋子聳了聳肩。

「眞不坦率啊。總之，我沒有鑰匙，也沒有想到誰。」

「這樣啊……」

浩平明顯地垂頭喪氣。

「小浩啊，雖然進不了書房讓人感到遺憾，但你要不要先讀讀看這本？」

洋子向浩平遞出他帶來的書。

浩平兩手接過。

「剛剛也說過，我是因爲這本書，才打造了這間書房，有了如今的人生。我想，這一本應該是叔叔本來就想要給小浩的喔。而且我想，放在書房外的其他書，你也應該看看。因爲我覺得在那之中，藏著『誰拿著鑰匙』的提示。」

「提示？」

浩平仔細端詳著接過來的書。

「一定是那樣的嘛。你想想看嘛，現在，第一本就藏著與我相遇的提示了吧。其他書裡應該也隱含著什麼意義喔。」

沉默持續了一陣子。浩平盯著那本書好半晌，才以沈重的口吻說：

「唉，我想我讀了也不會有任何改變啦……就再看看囉。」

「什麼……」

洋子訝異地合不攏嘴。

「就算我看完了這本書，也不代表我的人生就會更好啊。即使我成了熱愛看書的人，也沒辦法變得像洋子姊這樣啊。才能和個性本來就不一樣嘛。」

洋子雙手抱胸，表情像是在斥責嫌麻煩而在做事之前以各種理由就要放棄的孩子母親似的。

「要是在我的公司，剛剛那句話，你肯定被開除。」

浩平苦笑。

「還好我不是這間公司的員工。」

浩平竭盡全力的玩笑話，洋子卻毫不領情。從洋子的表情察覺到她的情緒，浩平急忙修正態度。

「阿，不……我是說，我會讀啦。會認眞讀。」

洋子深深地嘆了口氣。

「人生啊，才不是取決於才能什麼的呢。」

浩平的表情，忽地對洋子所言認眞起來。無法化為言語，只能盯著手中的書。洋子說的，簡直就是雅彥掛在嘴邊說給浩平的話，一模一樣。

〈浩平，不要擔心。在人生中所獲得的，並不是取決於才能的。〉

雅彥的話語，反覆迴響於浩平的腦海裡。

「小浩。打擊很大吧。沒關係啦，你就先讀讀看吧，我想聽聽看你讀了之後是不是眞的都沒有什麼改變。但是呢，小浩，這可不單純只是一本書喔。這本書裡面啊，有著雅彥叔叔要告訴你的訊息喔。千萬不要忘記這點。」

浩平出了大樓，又回頭再仰望它一次。

遙遠的上方籠罩著一層薄薄的雲。八十層樓，想必在那層雲裡吧。浩平又再次感到洋子像是高不可攀一般。

「現在開始也不嫌晚……嗎？」

浩平開啓智慧眼鏡的電源，打電話回老家。

「媽。……嗯。……見到洋子姊了喔。……嗯。……不，那個，洋子姊看起來也不知道鑰匙的事。唉，這樣一來都不知道是誰了啦。……嗯。……知道。

說到這個，有一件事想麻煩媽，就是離屋的客廳裡，沙發旁邊有堆著五本左右的書吧，可不可以幫忙將那堆書全部寄來呢？……不是啦，也不是說想看，是洋子姊說那裡面說不定會有線索啦。……嗯。……那樣就可以了。……知道了。那就拜託了。」

右手的祕密

「不好意思。旁邊……可以坐嗎？」

有道聲音喚醒了浩平。

看這樣子，似乎是在大阪搭上線性新幹線，就座後一打開書便睡著了的樣子。

眼前站著一位老人，看起來感覺已超過了八十歲。身著西裝，想來是在出差的回程吧。

「啊呀，請。」

浩平一邊說著，一邊調整坐姿貼緊椅背，並挪了挪雙腳，給膝前騰出點空間，好讓老人能夠通過。

搭車的人通常都偏好靠窗的座位，但浩平卻偏好靠走道的座位。

最大的理由是在擁擠的車廂內，難免為了如廁之類而需要離開座位的情況，比起說抱歉，當被說抱歉的還來的比較輕鬆。

尤其是，東京大阪區段的線性新幹線幾乎都在隧道內行駛，靠窗也幾乎見不到什麼景色，因此浩平習慣都坐靠走道的座位。

「不好意思呢」老人一邊說著，一邊經過浩平。順著老人的方向，浩平望向窗外。應該是過了名古屋了吧。這幾天為了父親的葬禮忙得昏天暗地，沒有充足的睡眠，難怪這麼想睡。

浩平再度閉上眼睛，打算繼續睡。

「那本書……」

才剛在鄰座坐下的老人，視線落在浩平膝上。

「那本書真令人懷念啊。」

「咦？……唉呀，是啊。」

浩平陪笑著，給了個模稜兩可的回應。

「不好意思多嘴了呢。只是，偶然坐在旁邊的先生拿著改變了我人生的書，就沒辦法保持沉默了。沒錯，那本書啊，拯救過我的人生呀。」

老人細目，緬懷過往似地說。

「改變了人生，是嗎？」

「是的。那本書出版的當時，我在出版社擔任編輯。想一想，的確是四十年前了吧。當時，主流不是電子書，而是紙本書。」

「這樣啊。」

浩平在言談的段落處回應。老人笑著點頭，繼續說道。

「但是，紙本書的銷售日漸衰退，而只要有新的閱讀載體問世，選擇電子書而非紙本書的人便不斷增加。再加上那時候的時代潮流，只要有一台電腦，誰都能發表作品並販售，不用通過出版社，所以我的公司面臨存亡危機。

就在那個時候，這本書出版了。雖然不是馬上成爲話題，但我所服務的小出版社啊、販賣紙本書的實體書店啊，都介紹這本書，而慢慢形成話題，還被電視媒體報導，讓紙本書銷售額暴增。甚至變成一種社會現象呢。雖說像是逆著時代潮流，但紙本書漸漸銷售有了起色。」

「這本書，那麼暢銷過嗎？」

老人帶點自嘲似地搖頭。

「那本書啊，也就那樣了。賣了數十萬本吧？就算數十萬本而已也成了那年代的銷售第一名呢。不過，看了那本書以後的人，其他的書也傾向不買電子書而是紙本書了呢。整個社會上增加了幾千萬本的銷售量喔。」

「這眞是一時之間難以置信的數字呢。」

老人微笑著，向浩平伸出手，說：「可以借我一下嗎？」

浩平將手邊的書交給鄰座的老人。

老人啪沙啪沙地一頁頁翻書。那表情，那動作，彷彿是細心呵護著一朵嬌嫩的鮮花一般。

「有了。這裡。」

老人翻開其中一頁，遞給浩平。

「這個啊，大家都想實現啊。」

翻開的那一頁，老人所指處寫著「來試試看在自己看過的一〇〇〇本書的圍繞之下過生活吧」。

「這本書啊，目標不是針對平常就有閱讀習慣的人，而是針對不看書的年輕人的。受到這本書的影響，大家開始將被一〇〇〇本書圍繞著生活當成一種生命之道。」

「……竟然要一〇〇〇本書……啊……」

浩平有點驚訝。

「就算一個星期看一本書，也要花上將近二十年呢。對不太看書的人來說，也許就像天文數字一樣吧。但有許多人想著『試試看吧』便挑戰了。」

「都不看書的人試圖挑戰那種事情也太……」

「就因爲是不看書的人才好啊。那就是說這本書具有那樣的力量吧。」

浩平深深嘆了口氣，瞧著那本書。

確實，跟這本書相遇以來，浩平已經知道有兩個人將被一〇〇〇本以上的書圍繞著生活當成生命之道。那就是父親雅彥及剛剛見過面的洋子。

洋子還說過「遇到這本書，轉變了我的人生」。而且她也實際建立了一間書庫。

這位老人所言並非虛假，其證明已在剛剛親眼見證過了。

「現在的人大概不知道吧。但是當時，從年輕人到老年人，都開始讀起書來，那眞的是奇蹟般的現象啊。

人們都說不看書了，都說出版不景氣，都說大學生中有60%完全不看書的年代，突然書本開始賣出，而且大家看的還是紙本書，不是電子書。在我們的業界，稱之爲『奇蹟』。那簡直是閱讀的文藝復興，叫做『閱讀復興』。」

「閱讀復興……」

「是的。如果那時候的日本沒有閱讀復興，說不定日本就會變成跟今天這個樣子截然不同的國家呢。不，一定會不一樣的。」

「截然不同的國家……嗎？」

「例如，你可能不相信，四十年前的日本，會針對網路上個人所寫的日記或消息，以匿名去誹謗、中傷，寫一些很難聽的字眼，這很家常便飯。」

「那麼卑鄙……」

「卑鄙是現在的人這麼認爲呢。但遺憾的是，當時那很普遍。面對面時無法直接說出的話，用匿名就能肆無忌憚地發表，那時候有這種精神怪癖的人很多。

但那時發生了閱讀復興，日本人的精神才轉變了過來。」

「這是爲什麼呢？」

「智慧手機、網路遊戲、電視等在視覺上會有強烈的刺激，那時候世界上逐漸習慣於這類型的娛樂，相對得不發揮自己的想像力便無法體會的閱讀，就只有沒落的份。

但是因爲這本書的出版，讀紙本書蔚爲潮流。在電車上讀紙本書，才是帥氣的代表。」

「是這樣嗎？」

「那時候啊，女孩子們都說在電車上看書的男孩子很有魅力。這樣一來，就因爲不喜歡看書便不吸引女孩，所以變得年輕男孩們全都在電車上啊、咖啡廳啊、公園裡看書。當時的人們都覺得時光彷彿倒流了，而那個時光倒流的終點就是江戶時代。」

「江戶時代……嗎？」

「是的。因爲在江戶時代，武士階級的日常生活中都有在看書啊。這樣的文化後來影響了平民百姓。據說，幕末時第一次來到日本的外國人，還很驚訝日本的高識字率。還說那時的日本人有著堅毅不拔的精神。

這本書剛出版時的日本，有許多人在人前泰然自若地談笑，背地裡卻以匿名惡意攻擊別人，精神上非常貧耗。時値第二次東京奧運之前，正好搭上『再想想代表日本的是什麼吧』的風潮。

當時在日本發生的閱讀復興，甚至成爲一種運動：找出並融合日本人曾有過的好想法。

那不是單純地認爲『以前的都不好』便完全切割過往，也不是認爲『以前的什麼都好』便一味地想回到過去，而是好好地保存好的想法，找回曾被日本人捨棄的美好。那麼，該怎麼做呢？那個方法就是像前人曾做過的一樣……」

「看書嗎？」

「是的。」

老人滿足似地點頭。

「沒有那波運動的話，現今這個國家會變得怎麼樣呢。」

老人望向遠方。

「那樣啊……」

這番話對浩平來說難以領會。

想當然耳，每個人的意見都不會一樣。外表也不一樣。像自己一樣身體有障礙的人，也跟普通人一樣工作。不只浩平的公司，幾乎所有的職場上，年齡、性別、國籍等各不相同的人們都在一起工作。

有聽說過這在以前並非如此。不過，若成長的地方、時代不同，則各自的常理便會不同，這是很理所當然的。應該說，因為一個人的『理所當然』與其他人不同，所以甚至可以說「所有的人都不合常理」。當然也不可能做得到就此去否定他人的想法。不可能只因為自己的意見與他人意見相左，就一定會是其中一方的想法絕對正確，這才是真正的常理。

生在如今這個「在接納彼此差異上毫無困難」的社會，無法想像四十年前的日本，是個不只無法認同與自己想法迥異的人，還會隱匿自己的姓名以任意糾纏、責難對方的社會。

「現在還能有人閱讀紙本書，這樣的事情本身就讓我十分欣喜了。」

老人滿面笑容地望著浩平。

「對了。你喜歡書的話，我把手邊的書給你吧。有時間的話，歡迎隨時來訪。」

老人說著，遞出一張紙。

仔細一看，那是紙張作成的名片。現在的名片都是卡片狀的電子螢幕，只要互相碰觸彼此的電子名片，就能交換名片資料了。一張厚度1毫米的電子名片，可以儲存十萬人的名片資料。浩平還是第一次見到有人遞出紙製名片。

浩平恭恭敬敬地兩手接過。

「大原一則先生。」

「不好意思，是古早的名片。我現在從事別的工作，已經不在這間公司了，不過郵件地址還是使用這個。」

名片上的公司名稱印著現代書房。

老人緩慢而恭敬地行了一個禮。

「能否請您告訴我您尊姓大名？」

「啊……抱歉自我介紹晚了。敝姓前田，前田浩平。」

浩平從公事包取出便條紙，開始寫下手機號碼。

「前田先生，您本來就是慣用左手嗎？還是……」

大原注視著只按住紙的浩平右手。

「如您所見，我因爲出了車禍，導致右手手指不靈光，所以練習用左手寫字。

眞虧左手寫字，您看。」

浩平向大原遞出親手寫著手機號碼的紙片。

「我都是個大叔了，還只能寫出像小學生一樣的字。」

大原笑著接過。

「還眞是，出乎意料的妙趣橫生啊。話說回來，車禍啊……」

「那都是二十年前的事了呢。」

忽然驚覺，離東京只剩不到二十分鐘了。難得浩平在疾駛過隧道的線性新幹線上提及車禍。離上次提及，已經是很久以前的事了。

浩平將公司徽章別在左胸，看著鏡子。自己比想像中還要適合西裝。「好！」爲自己加油打氣後，他拎著什麼也沒裝的公事包走向玄關。

結束了三天兩夜的基礎研修，今天是確定所屬部門後的上班第一天。雖然沒有什麼應該要帶的文件，不過也總不能兩手空空，再說回程上肯定會需要帶回什麼的吧。

在玄關穿上母親久繪爲了慶祝就職而買給自己的皮鞋。

浩平沒穿過這種得用鞋拔才穿得了的皮鞋，不知怎的覺得自己成爲了一絲不苟的人，感到一絲喜悅。

這間套房是公司準備的。打開玄關門，萬里晴空撒下春日的和煦暖陽，彷彿祝賀著現在正要起步的人生，不禁莞爾一笑。

下了樓梯，出了一樓門口，旁邊的櫻花正盛開著。

回頭望著大樓門口，浩平小聲地說「我出門了」，便往車站去。

這條通往車站的道路，將會是每天必經的路線了。

一邊注意哪裡有著哪樣的店家一邊走著，想著「下次去吃吃看這間拉麵吧」，對於將在這裡展開的生活充滿了期待。

越來越靠近車站，步行的人也越來越多。

每個人都像是一個老手，走慣了熟悉的道路，目不轉睛、面無表情，朝著車站前進。想儘快到達車站一般快步行走。還以爲只有自己骨碌碌地眼觀四面，沒想到也有許多同類的人。

偶而可以見到人群中，背著書包的小學一年級生，和預料到會繼續成長而穿著稍大制服的七年級生，從頭到腳都包著一層新衣。

（我看起來也是像那種感覺吧。）

浩平身穿新買的西裝、油亮亮的皮鞋，不由得苦笑。

才剛上小學一年級的孩子們，上學路上實在太興奮了，也不看路上的車輛或其他行人，只顧尖叫著在路上追逐嬉戲。

穿越道路的車輛，也降低車速，非常禮讓孩子們。

（我自己一定也像這些不顧周遭的孩子們吧。在公司有一堆不懂的事，總是會需要旁人的幫忙吧。）

看著天眞的孩子們，那身影彷彿現今正要投身闖進未知世界的自己。

浩平視線所及之處，有位母親牽著身穿幼稚園制服的男孩和貌似小學一年級的男孩。

男孩老是想掙脫母親牽著的手，而母親則不斷說著「危險喔」並抓著手拉近自己身邊。

看來應該是小學一年級的哥哥，則停在沒有紅綠燈的人行道前，高舉著手等待著過馬路。那連指尖都直挺挺地立著的姿勢，標準得令人眞想編入課本裡。

行駛中的車輛，都知道要提早減速。

看見這個討人喜愛而令人微笑的姿勢，駕駛人都會想爲之停車吧。

浩平正好走到行人穿越道時，從背後而來的白色轎車停了下來。對向車道的紅色車輛也停住。

白色轎車的駕駛人揮揮手，作出一個「請過」的手勢。

正當男孩跑出去穿越馬路的那個瞬間，停在對向車道的紅色車輛，車上的女性駕駛人臉色突然驚恐地痙攣起來。

浩平急忙伸出手要拉住，卻已來不及抓住跑出去的男孩。

男孩往白色轎車的前面跑去，卻發現這時在他的右方有台機車竄出，驚嚇過度的男孩杵在行人穿越道中間，無法動彈。

機車的煞車聲響徹雲霄。

當時浩平不假思索地追在男孩後面，狂奔衝進行人穿越道。

接著，眼角餘光瞥見了男孩與正迎面衝過來的機車，在無意識之中將男孩往前推。

機車整流罩破裂的聲音響起，衝撞的力道將浩平拋出數公尺遠外。機車的駕駛同時也跌落在更遠的地方。

浩平還不清楚發生了什麼事，只是橫躺在路中央。

但是，右手與右腰的疼痛非比尋常，他只能咬著牙忍著痛低聲呻吟。

「小健！」

最後聽見了孩子母親的驚呼，浩平便失去意識。

浩平睜開雙眼，看見白色天花板。

還搞不清楚自己在哪裡、在作什麼。

想移動身體，腳底卻一陣疼痛。看到右手包著重重綳帶，才稍微回想起發生了什麼事。

「對了。我遇到車禍……」

想動動右手，右手卻沒有感覺。

「您醒了啊，前田先生。您知道發生什麼事了嗎？」

浩平聽到年輕的護理師在詢問。向左邊看去，身著白衣的護理師在跟他說著話。名牌上寫著「鴨居」。

「是……我知道。我遇到車禍了對吧。被機車撞到……」

「是的。這裡是醫院。手術已經結束了。現在麻醉藥還沒有退，所以您的右手應該感覺不到疼痛。」

「喔……那個……」

「總之，請您充分休息。我去請醫師過來。」

說著，護理師正準備離開浩平的病床。

「那個……男孩和機車駕駛……」

護理師回過頭來，給浩平一個微笑。

「兩個人都是輕傷喔。」

「這樣啊。」

可能是因為浩平鬆了一口氣，於是感到強烈的睡意，便又再度閉上眼睛。

浩平醒來後的隔天上午，好像有公司裡的上司來探病過。下午則是母親從老家趕來。

「然後，就遇到姓山田的人了。說是你救了她兒子一命，對我再三道謝呢。——浩平，你作了件好事呢。」

久繪在關心傷勢之前，滿面笑容地跟浩平說。

浩平擠出笑容嘴上應付著。在這之前，從沒想過在發生這種事以後，對未來徬徨不安時，有家人陪在身旁是如此令人心安。睜開眼第一眼就見到久繪的笑容，那眞不知有多安撫浩平的心情。

「那孩子的母親哭著向我道歉說，她非常歉疚你代替那孩子受了重傷。她看起來眞的非常難過，身爲同樣有兒子的母親實在沒辦法置之不理。所以我就跟她說『沒關係的，我家的孩子要是知道有幫助到您家孩子，我想他會很開心的』。」

「啊啊，謝謝。」

浩平無力地說。

「媽媽現在要去你的住處，替你拿些換洗的衣服，你有沒有想帶來的東西？」

浩平一時之間沒有想到。

「應該……沒有吧。」

久繪笑著點點頭。

「這樣啊。沒關係，媽媽會待在這裡一陣子，要是有想到的話要再跟媽媽說喔。還有，爸爸很忙沒辦法來，所以，這個……」

久繪拿出來的紙袋，不用打開也知道裡面是什麼。

「反正就是書嘛。」

浩平不屑一顧地吐出這句話。

久繪笑著點點頭。

「他說，想說你應該也沒事好作，就趁這個機會看看書吧。」

「我這樣的手沒辦法翻書啦。」

浩平憎惡地看著包成一團的右手。

「也是呢。別這樣，爸爸拿給媽媽時也不知道會是這種狀況，你就原諒他吧。唉呀，你眞心想看時再看也可以啦……」

一邊說著，久繪一邊從紙袋取出書來，放進床邊的小櫃子。

住院生活既不自由又很無聊，但浩平只要跟一睜開眼就看到的護理師聊天就很開心。自己的右手說不定再也不能動了，對這樣的現實絕望也是難免的，但見到鴨居日菜的身影，心情便興奮不已，比起現實，浩平花更多的心思去想要跟日菜聊些什麼話題。

其他護理師看出浩平對日菜有著不同的感覺，因而將浩平病房的勤務推給日菜。

在一成不變的例行事務中，增添了一點旁人半開玩笑的捉弄，浩平與日菜便也順著大家的心意。那眞是給了兩顆心充分的時間去互相接近。

聽到診斷結果告知右手沒有完全回復的可能，浩平似乎也沒有那麼絕望，這也都是因爲有日菜的緣故。

「算了啦，不能動的指頭，只要把它想成是救了某人的命，就會很驕傲了啊！」這樣逞強地表現出來給人看，也可以說是戀愛所帶來的力量。

假如那時的浩平沒有談戀愛，很可能會顯露出悲觀、淒慘的自己。現在回想起來，依然對戀愛力量的偉大甚至抱有一絲敬畏。

數日後，山田美咲帶著男孩，來到浩平的病房探視。

「承蒙前田先生救了兒子一命，非常感謝您的大恩大德。」

美咲說著，流著淚深深一鞠躬。她維持著鞠躬的姿勢不抬頭——

「而且，該如何道謝才好，該如何報答才好，我……」

她哽咽著，淚水不停地流下。

也在場的日菜，扶著看來快站不穩的美咲肩膀。

「沒關係啦。」

浩平對美咲逞強地說完，用左手招呼男孩過來。

男孩不安地望著母親，美咲以眼神示意要男孩過去，才慢慢靠近浩平的病床。

浩平勉力擠出一個笑容給男孩。

「你沒事就好了呢。要小心車子喔。不要讓媽媽擔心喔。」

說著，並將左手放到男孩頭頂上。

男孩滿溢著許多感情，卻無法化爲言語，只能抽泣著點頭，說了一聲「嗯」。

必須超越的試煉

「你回來啦。」

浩平到家時，日菜正在廚房，從剛買來的廚房專用室內蔬菜栽培機的菜架上採收晚餐用的蔬菜。

「還滿早的呢。我還想說你會在老家多待幾天呢。」

「嗯，發生了些非作不可的事情呀。不過，我撲空了。」

「怎麼回事？」

浩平將雅彥的遺書一事告知日菜。

「然後呢，爲了要找出『適當之人』，我就去見了洋子堂姊一面，但她不是。」

「喔喔。」

浩平在餐椅上坐下，日菜便在浩平面前遞上一杯生啤酒。浩平家的家用啤酒機是五年前的機種，但還能正常使用。

「喂，妳應該不知道這件事吧？」

日菜笑了笑。

「要是我拿到鑰匙，早就在前天一起回老家時就說了喔。」

「也是呢。」

說著，浩平喝了口啤酒。看看時鐘，剛過晚上七點鐘。

「凜呢？」

「社團活動。」

「美式足球……嗎？」

浩平苦笑。

「女孩子去打美式足球呀……」

「你太老古板了啦。那個是現在女孩子裡最受歡迎的運動喔。我想她應該快回來了，你要不要先去洗澡？」

「我也想，不過有點事得跟加藤聯絡一下，講完再去洗。」

「你說的加藤，是那個常提到的公司晚輩？怎麼了？有麻煩事？」

「沒啦，不是妳想的那樣。反倒是反過來。好像是那傢伙拿到大契約了。」

「哇，這麼厲害。」

日菜無邪地爲之開心。

浩平只隨口乾笑兩聲。

「嗯，不過還得問個清楚才知道詳細。」

「我沒想到你會回來，晚餐我只作了我和凜的份耶。」

「我在外面吃過了，沒關係。」

說完，浩平便起身，拿著啤酒杯往自己的房間去。

「on。」

開啓智慧眼鏡的電源後，打電話給加藤。

「您辛苦了。」

接起電話的第一聲如此精神飽滿，浩平明白加藤在工作上很順利。

「嗯嗯，辛苦了。電子郵件我看過了。好像取得了很大的契約呢。」

「是的。那事情很重要，所以井上部長已經先去對方那邊打過招呼了。」

浩平雖然當了將近二十年的業務，卻從未取得過如此大筆的契約。不，不只浩平，與足以代表日本醫院的契約，公司內應該誰都沒有取得過吧。一般來說，與大醫院的契約都是經營者層級決定的。光是單槍匹馬的一個業務，竟取得如此大的醫院契約，這真是史無前例。

加藤只要完成這個契約、業績評定後，恐怕就會升遷，超過自己往上爬了吧。至今也被幾個有能力的年輕人，就像這樣超越過去了。浩平實在很羨慕加藤擁有自己所不具備的才能。

左手還拿著啤酒杯，浩平看了看右手。

（明明只要右手還能動，我就不用當什麼業務，而是作我最喜歡的研究開發了……）

每次被誰追過去，浩平就會看著自己的右手，說這些不肯承認自己失敗的話。這已經變成他的習慣了。

「課長，聽得見嗎？」

「嗯？啊啊……我在聽。」

「總之，公司裡變得很轟動。敬請期待。」

「啊啊，知道了。還剩幾天，就麻煩你了。」

浩平說完便掛掉電話。聽到電話裡的背景傳來公司同仁們忙碌的聲音，越發感到自己沒有容身之處了。

自己沒能參與到，連公司裡也要幾十年才得見一次的歷史性瞬間。而從今以後，直到自己退休為止，這個契約肯定會成為話題，被許多人談論無數次吧。

缺席這個瞬間的這個事實，讓浩平的心情陷入陰鬱。

嘆了一大口氣，浩平想盡可能不去思考工作上的事。

「現在首要是，父親的遺言。」

他搖搖頭轉換思緒，坐進沙發，取下眼鏡仰頭盯著天花板。

這樣一來，「適當之人」是誰，心裡還真沒個底。

「看樣子，只能一個個打給親戚問看看了……」

冒昧地打電話給沒聊過幾句的親戚，詢問「您知不知道我父親遺書裡說的鑰匙」，還眞的千百個不願意作這種事，但也沒有其他方法。

浩平瞧一瞧時鐘。

「明天再作吧。」

看到顯示出來的時間，他判斷那樣比較好。

浩平將手伸向公事包，拿出從雅彥的「離屋」帶來的一本書。

「反正，看看開頭而已也好。」

浩平翻開了『書房的諫言』。

從掛在耳上的智慧眼鏡鏡框聽到透過骨傳導來的電話鈴聲，浩平條件式反射地驚醒。

咚的一聲，似乎有什麼東西掉落到地上，但在確認掉落物品是什麼之前，看到眼前的顯示，是井上部長。

他盡可能不發出剛睡醒的聲音，努力讓聲音聽起來精神抖擻地接了電話。

「是，我是前田。」

「前田，你休假中，抱歉打擾了。現在方便嗎？」

「是……」

「老實說，是這樣的，加藤現在感染了伊波拉病毒了。」

「啥！」

「醫師說是兩天後就會好轉，不過今天整天都最好不要跟人有接觸。」

「是……」

「可是呢，今天是東都大學醫院的理事長要給我們契約書的日子。加藤有跟對方說責任人是你嗎？」

「他有跟我說。」

「這樣的話事情就好辦了。契約裡代表人的你跟加藤兩個都不在的話很困擾啊……」

這話聽起來還有後續，但浩平不自行說出那個答案，而是等待井上說完。

「所以，之前跟你說要你好好休假，但不好意思，今天十點鐘你來一趟東都大學醫院吧。」

浩平看看時鐘。

才剛過早上六點鐘。應該是井上預估這時間即使浩平在老家也能趕回東京，才打來的吧。

「知道了。我已經從老家回東京了，所以沒問題的。我會過去。」

「喔，這樣啊。不好意思麻煩你了。」

浩平恭敬地鞠躬行禮，再掛斷電話。對這突如其來的重要任務，心臟劇烈跳動無法平息。

自己就要參與這歷史性的瞬間了啊。

昨天還既悔恨又焦躁，甚至埋怨自己的歹運及自己的職務，現在又因爲一些出乎意料的事，而讓自己能參與到那個瞬間。但過了一段時間沉澱後，興奮的狀態慢慢轉變爲極度的緊張。

自己要代替後輩的加藤去簽約，萬一被對方厭惡，那就會丟了身為上司的面子。不，沒面子還是小事。這可不是丟點面子就能當沒事的契約。

他感到左手在發抖。失去感覺的右手則沒有感覺。視線順著右手看到地上掉落的，是看到一半睡著了的書。

浩平拾起了那本書。想起昨晚開始看了後，就不小心睡著了。看來，自己是一打開書就會有睡魔來襲的體質。儘管如此，昨晚還是將進入本篇前面的部份看完了。

他將那本書放進公事包，想起昨晚沒洗澡，而走向浴室。首先，還是必須整理自己的儀容才能出門。

在浴室按下「入浴」按鈕，覆蓋在浴缸上方的蓋子便自動收捲進浴室牆壁，露出裡邊早已設定在四十二度的稍熱熱水。這是浩平喜歡的溫度。

「嘿咻～」浩平躺進浴缸，熱水浸到肩膀，一下子清醒過來了。他伸展身體，吐了一大口氣。

對浩平而言，浴室可以說是消除每天疲勞的唯一場所。這點從小到大都沒變過。

浩平呆望著浴室牆壁的照明出神。

「【心靈浴室】……嗎？」

腦海浮現出昨天看過的內容。

對父親雅彥的反抗心，演變成厭惡閱讀，還固執地堅持己見。不過，昨天看的書序章所寫的內容，已足以動搖浩平如今的內心了。

假如眞的能打造出【心靈浴室】，這種每天心力交瘁的日子，說不定也能多少過的更幸福些。他這麼想著。

「好吧！我好歹也開始看一本書了，試試看一〇本吧……不，機會難得，那就試著看書看到一〇〇本吧」浩平很清楚心中有一部分的自己，被一股衝動驅使著。

另一方面，有另一個自己仍然執拗地阻撓。

（算了吧。你不那樣作又不會怎樣。那是老爸的圈套對吧。你不是決心要成爲不看書的大人嗎？身爲一個男人，反悔早就已經決定了的生命之道，這樣很遜吧……）

提出各式各樣的理由，阻礙自己成長的，正是自己。

一直以來都是如此。

但這次不同以往的原因，是因爲「父親之死」這個特殊狀況，而且浩平所開始閱讀的這本書，是雅彥特別遺留給浩平的某種訊息。

肯定連執拗如此的浩平也只能讀一讀這本書。

心想「就只讀這一本而已喔……」開始讀之後卻意外地覺得有意思，這反而成爲一種困擾。

就快被書本魅惑的自己，和千方百計阻撓自己迷上書本的彆扭自己。兩個自己在心裡爭執不休。

浴室的門打開了。妻子日菜站在門口。

「這麼早，怎麼了?」

「有個工作無法推辭，就被部長叫出去了。等等就要出門。」

「這樣啊……那我不快點做早餐的話。」

「啊啊，拜託妳了。」

日菜關上門，哼著歌朝廚房走去。一大早心情眞好。

不適合自己的業務工作竟然還可以持續到二十年，到最後還能不絕望地過活，這都是多虧了有日菜的開朗。

雖然這話由自己來講很奇怪，但浩平將自己的性格解析爲「灰暗、悲觀、彆扭、老是無法忘懷失敗與不安」。相對地，日菜則是「開朗、樂觀、不太憂愁煩心」的類型。

要是能變成那樣的個性的話就好了……浩平總是會這麼想，但終歸是不可能的吧。女兒凜的個性似乎比較像日菜，這對浩平來說眞是欣慰。家裡再多一個像自己這樣陰暗的傢伙的話，想到就覺得恐怖……。

浩平出了浴室，開始準備出門上班。

浩平搭乘計程車到達東都大學醫院時，井上已經在大廳等候了。

浩平急忙趨前。

「不好意思，部長。讓您久等了。」

井上聽到浩平的聲音，回頭一看，說道：

「喔，你來啦。你休假中還叫你來，不好意思啊。加藤沒有辦法來，只能帶業務責任人來了。」

井上面露笑容。

「沒關係的。應該說，這是我進公司以來遇過最大的案件，而我今天能夠參與，是我的光榮。」

井上點點頭。

「你有跟加藤問過詳細的情況嗎？」

「不，完全沒有。」

浩平的這個回答帶著點躊躇。

冠冕堂皇地說「這是我的光榮」，然而實際上卻不甚了解詳細狀況，再者，自己是否能代替加藤勝任這項任務，也沒什麼自信。自己身爲課長，竟然沒有自信是否能夠代替差了少說二十歲的部下，眞是丟臉。這才是浩平眞正的心聲。

井上的手撐著下巴，稍作思考片刻。

「算啦，沒辦法。你跟第一次見面的對方打完招呼，後續就由我來談吧。只要你沒被對方直接問問題，應該就沒有必要回答了。」

「我、我知道了。」

「好，那，走吧。」

井上看了一眼手錶。離約定的時間還有五分鐘左右。

浩平開始渾身緊張起來。

東都大學醫院的最高樓層沒有病房，而是許多會議室、會客室。浩平跟在井上之後，走過空無一人的走廊。

兩個人的腳步聲，叩叩叩地迴盪在漫長的走廊中。

終於來到寫著「會長室─院長室」的門前，井上瞧了瞧自己的儀容，並確認領帶是否歪斜。浩平也跟著調整領帶，抬頭挺胸。

井上以眼神示意浩平。浩平以目光回應後，井上先敲過，才開啟那扇門。

進門之後來到秘書室。兩張桌子對著門口橫向排列，兩位女性各自坐著。左方那位女性是會長秘書，大內朋子。

「我是聽榮製作研究所股份有限公司的井上。與志賀會長有約而來。」

「恭候多時。我這就通知他，還請您那邊稍坐一下。」

大內招呼完，便拿起手邊的聽筒聯絡志賀。僅一、二秒鐘便扼要地聯絡完畢，放下聽筒，朝浩平他們走來。

「讓您久等了。這邊請。」

他們被促請起身，帶往左手邊的會長室。

身形短小卻體態勻稱的志賀泰三從會長辦公椅上起身，走到會長室中央的會客桌邊。

「恭候多時了，井上先生。請就座。」

聲音洪亮。如此與年紀不相稱的聲量，讓人感覺光是要發出這種聲量就需要莫大的能量。

「非常感謝您。在談公事前，今天帶了業務上的負責人來拜訪您，給您打個招呼……」

被井上一敦促，浩平往前踏上一步。

「初次見面，我是業務課長，敝姓前田，前田浩平。」

浩平彎腰鞠躬，兩手伸出電子名片。無法彎曲的右手只是陪襯著伸出去而已。

志賀仔細端詳浩平伸出的電子名片，臉色緩緩地起了變化。一旁的井上只能眼見著耳朵都泛紅了的志賀，別無他法。

對方一刻沒有接過電子名片，浩平就一刻不能直起身，只能彎著腰維持鞠躬的姿勢。

志賀喘了口氣，讓自己鎮靜下來，接著用那洪亮的聲音問道：

「之前的，那位……加藤怎麼了？」

浩平想到恐懼著的事情果然發生了，連站在當場都覺得很難受，心跳不由得加速劇烈跳動。

「事情是這樣的，加藤感染傳染病了，我們怕他傳染給會長您，那就不好了，於是讓他休息。」

「伊波拉還是流行性感冒，那種東西不是吃個藥休息兩天就會好的嗎？」

一邊說著，志賀一邊將自己的電子名片放到浩平的電子名片上，交換名片。

浩平直起身來，擠出聲音好不容易才將「請您多多指教」說出口。額頭冒出令人討厭的冷汗。

井上與浩平等待志賀先坐進對面的沙發，兩人這才坐下。

「前田君……」

志賀看著浩平的電子名片，小聲地念出浩平的姓。浩平小聲地答「是」，並將上身前傾，稍微離座。

「我有從承辦的加藤那邊聽過你的事情。」

浩平不知該如何應答才好，只能擠出笑容。自己也很清楚，自己臉上的笑容並不是很自然。井上也感到現在不是談契約的時機，只能默默看著。

「聽加藤說，負責人是你，本來應該是你要來見個面、打個招呼的，但因爲家裡喪事才不克前來的吧。」

「是。眞是非常對不起。是我父親過世了。」

志賀的表情看不出變化。

「這樣啊。那眞是遺憾……。說起來，那個加藤還眞是優秀啊。你們兩人擁有非常好的部下呢。」

「謝謝您的肯定。」

井上虛心地低下頭，同時瞅準這個時機，切進主題。

「那麼，會長，契約……」

「在那之前。」

志賀打斷井上的話。

「前田君。」

「啊，是。」

雖然立刻回應，但浩平心中浮現的想法，卻是「爲什麼是叫我」。

「你知道，我爲何打算與貴公司締結契約嗎？」

「這個嘛……」

浩平詞窮，找不到話可以回應。既想不到適當的說詞，也並非向加藤確認過整件事情的來龍去脈。雖然井上說過「你保持沈默就可以了」，但被問到卻又不能不回答。焦慮一個勁兒地凝聚，卻擠不出一個回答。浩平再也忍受不了凍僵了的氣氛，用蚊子般細小的聲音坦承。

「我不知道。」

「我啊，很喜歡那個叫加藤的年輕人啊。我是因爲他才想簽約的。」

儘管口氣溫和平穩，但這麼一句，卻足以讓浩平產生「自己眞是走錯地方的無能者」的想法。他垂著頭小聲囁嚅。

「是……」

「那個加藤啊，說因爲你這個課長是負責人，所以想將這個契約給你，當你的功勞。我就越來越喜歡這個人了。這麼大型的契約，竟然要拱手讓給他人，這種傢伙可不多見啊，不是嗎。不管怎麼說，靠自己的力量談妥契約，那在公司中肯定能提高個人評價及地位。即使如此，他還是要拱手與你，你可知這是爲何？」

「……」

在一段比方才的沉默還長的時間之後，浩平用更微弱的聲音回答出同樣的答案。

「我不知道。」

浩平有預感將會因爲自己的緣故而使得難得的大型契約泡湯，他背脊發涼，能做的事只有靜靜地聽志賀說話而已。

「這樣啊。打從他第一次來的時候開始，就看得出來他有取得這份契約的自信。」

（我只是因爲被部長叫來，才代替加藤來的。我……我又沒做錯。不過，要不是因爲我，也不會發生這種事……。我天生就不適合當業務嘛……）

浩平的腦子裡，反覆交替著出現責備自己的話語及卸責予他人的話語。志賀的話漸漸遠去。

「前田君。」

被志賀呼喚名字，浩平這才回神過來。

「是！」

誠惶誠恐地抬起頭來，見到的是出乎意料的溫柔神情。

「我父親是證券商。在我還很小的時候，因爲泡沫經濟崩壞，父親丟了工作。」

「泡沫」這個詞，除了在學校的社會課程上學到，之後已經很久沒聽過了。

「那之後，父親整個人都變了似的，無精打采，母親一手把我養大。那樣的母親，或許因爲過於操勞，在我高中時去世了。畢竟那年代，癌症還沒辦法治癒。我多麼想救我母親的性命，卻什麼也作不了。因爲那份悔恨，我才決定要當個醫師。對從沒認眞用功過的我來說，那眞是下了非常大的決心。」

志賀站了起來，走到窗邊。窗外高樓林立，下方的日比谷公園簡直像是自家庭院一般。

「決定我在人生中可以獲得哪些東西的，你認爲是什麼？」

志賀瞄了一眼的對象，很明顯地不是井上，而是浩平。

浩平說出的回答，是二十年來的業務生涯中不知不覺間所養成的場面話。

「那是因爲，志賀會長擁有了不起的才能」

「才能可無法保證人生。」

浩平話還沒說完，志賀便否定了浩平。

志賀緩緩坐進會長辦公椅。

「才能可不會保證美滿的人生。到現在，我見過許多聰明才智比我優秀的醫師，以及許多技能比我高強的醫師。聰明才智的差距也好，技能的差距也好，那都是我再怎麼拚命努力也遙不可及的。

即便如此，那樣優異的才能並沒有保證他們的美滿人生。那個比他們才能低下的我，如今站在這裡，就是最好的證明。」

志賀的身影，依稀是父親雅彥的身影。

——「人生並不是取決於才能的。」

這句話，是浩平傳承自雅彥的至理名言。

「能夠保證你有美滿人生的，不是才能，而是習慣。在我們的人生中，能獲得些什麼，是取決於習慣，並非才能。

不論在遺傳上，你生下來有多麼健康，只要生活習慣或思考習慣不良，很容易便會生病，再不改善還會致死。可以說，我們的人生是好還是壞，都是由我們自己的習慣所產生的產物。

所以，擁有好習慣的人，就能在人生中獲得許多偉大成就。我能有今天，靠的不是才能，靠的是習慣。」

「是……」

浩平停止業務般的見機應話，誠懇地聆聽。

「透過習慣，你應該要形成的，是思考。也可以說是心靈。

人類的思考，具有習慣性。也就是說，只要放著不管，便總是會想著同樣的事。對自己沒有自信的人，放著不管，他就會總是朝沒自信的方向思考事物。悲觀的人，只要發生什麼事便悲觀地思考事物。

只要人類的行爲被心靈所左右，那麼不改善這個『心靈習慣』，人生就不可能變得更好。所以，我們應該養成的習慣，是能讓心靈更加堅強、開朗、美麗的習慣。那樣的心靈所展現出來的言語、行爲、結果，會在生活之中一直牽引你，讓你的人生走向幸福。會賦與你的人生重大意義。擁有那樣習慣的人，不只自身，也能讓許多人幸福美滿。」

「是……」

「那個加藤啊，以年輕人而言是很少見的，他眞的了解『心靈習慣』。而且也有著堅強、開朗、美麗的心靈。」

浩平眞覺得自己悲慘至極到無法再多聽進一字一句。小了二十歲的部下被極力稱讚，而自己正在使那樣的部下談好的大型契約化爲烏有。

「那個加藤，開口閉口都說他能變成這樣都是因為有你在。」

「咦？」

「你有沒有聽說過，他為何會那麼想？」

加藤會說出那樣的話，這種事本身就令浩平意外到不行。業務部裡誰都能感覺到，浩平之所以就任業務課長，只是因為年資比人長，絕對不是因為擁有才能。

他也有自覺。尤其是像加藤這樣年輕、有幹勁、才華洋溢的男人，沒出息的上司是他們應該要早日超越的對象才是。

也有可能是，藉由奉承浩平，以在對方面前顯得自己是個「謙遜的人」……？

然後，讓志賀認為「這麼年輕，竟然懂得歸功給上司，眞是不簡單」，以贏得志賀的好感。這麼說的話，加藤的計謀便是進行得很順利了。

「看你這個樣子，應該是沒聽說過吧。」

志賀苦笑一聲，用力嘆了一大口氣。

接著他轉向井上。

「井上先生。」

「是、是。」

「非常對不起，今天我們就別簽訂契約了吧。」

「這、這還請您……」

井上站了起來，試圖請志賀再考慮一下，但志賀已然舉起右手制止他。

「我沒有說不簽約。我只有說今天別簽而已。請等加藤康復，前田也明白為何加藤會那麼想之後再來吧。我們到那時再簽訂契約吧。」

「這是說非加藤不可的意思嗎？」

井上似乎不服氣似地，小聲向志賀詢問。

「不，不是的。下一次，加藤沒來也沒關係。前田，請一個人來。」

「咦……」

浩平完全摸不清志賀的葫蘆裡賣的是什麼藥。不過，既然對方指名自己，那麼也只有回覆「是」了。

「是……我知道了。」

浩平的答覆帶著一絲遲疑。

「我的話已經說完了。還請再次蒞臨敝公司。大內，客人要回府了。」

會長秘書大內已經站在門邊。她往前踏出數步，對浩平與井上露出笑容：

「我送兩位下樓。」

浩平望著井上。井上的表情，寫著看樣子這下只有先告退了。兩人向志賀深深一鞠躬後，離開了會長室。

電梯中，井上與浩平皆不發一語。

還以爲今天能簽訂的契約，竟然就這麼從手中溜走，井上感到煩躁焦慮。簽訂契約前的最後關頭才取消，這種事情在業務職涯中發生過好幾次。「先看看狀況怎麼樣之後再說」這種拖延話術，當成「NO」就可以了。

即使志賀說過「改天」，但到底是否眞的改天就能簽約也沒人能說得準。一想到這難道是要完全視浩平的表現而定嗎？這種情況不禁令人覺得像是在漫長綱索上走到一半停在半空之中，又像是已經踏錯了一步一般。

另一方面，對浩平而言，則是事先最恐懼的事情仍然發生了。彎腰駝背、呼吸急促、目光游移。他連思考的力氣都完全喪失，看得出來這短短數分鐘就讓他相當狼狽了。

大內盯著電梯的按鈕板，打破沉默開口說道：

「會長那樣說話，我還是第一次聽到。」

「那樣……是指？」

井上詢問道。

「我第一次聽到會長談及個人的成長過程，也第一次聽到他對初次見面的客人那樣質問。」

大內稍微看了一下浩平，而浩平僅只是無言。井上回應道：

「是這樣子的嗎？」

「是的。會長對初次見面的客人，會說的話大概是『啊，這樣啊』『知道了』『謝謝』而已。除此之外，都不太聽他說過其他的話。但今天，甚至還談到才能、習慣的話題……。這樣的事情，我是第一次見到。」

井上用一種意外的表情看著大內。

「這是爲什麼呢？」

「雖然我不明白爲什麼，但我想這是因爲他喜歡前田先生。」

浩平獨自一人沉浸在是自己讓簽約泡湯的罪惡感中，以致沒有聽到大內的話。

看到浩平的那個樣子，大內在電梯門開啓時叫住了浩平。

「前田先生。」

「是、是的。」

浩平慌張地回神後回應大內。

「敬待您再次蒞臨。」

「啊，好的。」

大內的這句話，讓浩平想起來，志賀會長所說的，是叫自己再過來一次。

雖然不清楚成功簽約的機會還剩下多少，但能確定的是，浩平非得再來訪一次不可。

心之鑰

浩平的智慧眼鏡顯示有來信。眼睛對準該顯示後眨眼，打開信件。是加藤寫來的。

［不好意思，課長。我取得了新契約，但跟客户的社長聊得比較久了。我現在就過去。］

浩平看看時鐘。

距離約定的晚上七點鐘已過了十分鐘。加藤今天又取得了新契約。對他的才能實在只能瞠目結舌。加藤已經締造業務部內第一名的業績。浩平現在對加藤只有尊敬。對能力上的差距，讓他想嫉妒也嫉妒不起來。離加藤到達這裡，大概還需要數十分鐘吧。

浩平決定先點些什麼。

觸碰一下桌上的螢幕，便進入點餐。

一邊滾著頁面一邊找飲料時，看到一款父親以前常喝的啤酒品名。上面寫著「復刻版　懷念的味道」。

浩平不假思索地便點了這款啤酒。與父親的關係稱不上融洽。不過，即使是那樣的親子關係，在父親過世後，自己才開始不斷尋找父親往昔的面貌。也許在內心裡某個地方，還是將父親當做一種生命之道的指標。

浩平腦海裡浮現出父親喝著啤酒的樣子，赫然發覺一件事。

因為東都大學醫院簽約一事的突發事件，完全忘記了「書房之鑰」的問題尚未解決。

浩平從公事包中取出那本「書房的諫言」。

「邊看邊等吧。」

浩平看了看整間店。

使用行動裝置工作的人、用平板與某個人聊天的人，以及一個很愉快地朝著前面說話的人，那是用智慧眼鏡與某個人正在講話。沒有任何一個人在看紙本書。

「自己也被當成『那一邊的』人了啊。」

浩平苦笑一聲。所謂的『那一邊』，是浩平以前對父親雅彥所使用的詞彙。指的是喜愛閱讀紙本書的「落伍的人們」。

「不好意思，課長。讓您久等了。」

聽到加藤的叫喚，浩平的眼光才離開書本。從開始閱讀起還前進不到兩頁。

「喔，辛苦你了。」

「對不起我遲到了。對方的社長……」

「唉呀，沒關係啦。你來得比我想的還早呢。話說，你說你又取得新契約了吧。」

「是！」

加藤像是個被稱讚的孩子一般，發自內心地露出滿面笑容。

「眞不愧是你啊。你有這方面的才能唷。」

浩平喝下啤酒。

「謝謝您。」

語畢，加藤便坐到浩平面前。

「自己點你喜歡的啊。」

加藤再度對浩平道謝，立刻從點餐記錄中點了與浩平同樣的飲料。

「你也喝這種苦澀的飲料啊。」

「跟人用餐時，我都會點跟對方同樣的飲料。在那個當下的對方會想喝什麼、喝下去後會是什麼感覺，一清楚這些事，總覺得能多少體會對方的心情。」

「原來如此啊。」

浩平佩服地小聲說。看樣子，加藤這個人的想法果然跟自己有著根本上的不同。

兩杯啤酒送上後，加藤將剩下三分之一左右浩平的啤酒杯換成新的，並將舊的讓店員收走。交際手腕高明。

「那，感謝課長邀請我。」

說著，加藤將啤酒杯舉向浩平。浩平也舉起啤酒杯輕輕回碰。

「今天找你過來爲的不是別的事，是爲了東都大學醫院的事。」

趁加藤正在吞下一口啤酒，浩平馬上切入主題。

「啊，那一天不克前去，眞的很對不起。」

「那個沒有關係。倒是，那之後的一些事情，你有聽過嗎？」

浩平凝視加藤。

「我只有從部長那邊聽到之後就交給課長了……怎麼了嗎？」

浩平仍直盯著加藤。加藤只是重複眨眼數次。

「我說你啊，你這樣就好了嗎？」

浩平用一種嚴肅凝重的表情，瞪著加藤說。

「這可是要跟東都大學醫院簽的契約喔。從我們公司創業以來的大契約啊。到現在沒有一個人能談到這種像傳說般的契約。而你卻作到了。才進公司兩年，還單憑你一個人。這是你出人頭地的機會，而且在業務部，你會被認可爲 No.1。但是，現在取得這個契約的人可是要變成我了喔？」

浩平說著，口氣越來越激動。即使自己也有感覺到，但卻無法壓抑自己的情緒。

加藤的表情很是吃驚。他聽完浩平所說的話，沉默了半晌後，浮現出溫和的笑容。

「工作不是只有個人，而是團隊合作，這可是課長教我的喔。我也一直奉行。我從來沒有因爲取得了成果而認爲都是自己一個人的功勞喔。」

「就算是這樣，那也不是我的功勞啊。」

「不是啦，團隊的成果都是負責人的功勞，這種想法很正常啊。是說，我餓了。我們點些什麼吧。課長會請我吧。」

「加藤！」

雖然浩平本意並非是要責備的，只是感到好像被小了將近二十歲的年輕人擺了一道，便不自覺地大聲起來。

對自己所抱持的自卑感，讓他語氣變得粗暴。擁有自己所沒有的才能，卻那麼淡然地歸功給他人。能幹的傢伙莫甚於此。只是，被年齡差這麼多的年輕人保護，這種感覺對浩平來說是無法忍受的。

浩平自認爲自己雖然沒有實力，但有著高傲的自尊。他很厭惡這樣的自己。而加藤這個部下，卻完美得足以讓那樣已夠惹人厭的自己，又再深切體會到自己既無能又沒度量。

浩平作個深呼吸。

「你跟志賀會長說了什麼？」

浩平盡可能冷靜地問道。加藤只是沉默。

「在東都大學醫院，志賀會長說過，加藤說能談到契約是因爲我的功勞，如果能了解這麼說的原因的話，再過來一次。到那時再簽約。」

加藤低著頭，靜靜聽著。

「如果我不了解那個原因的話，就會失去這個契約。你跟志賀會長到底說了什麼，告訴我吧。」

「那是因爲，那個……當然，業務上是我個人去的，但簽約的是公司，而且那一天剛好課長休假，我只是代替課長當業務負責人而已……」

浩平搖搖頭。

「我不認爲志賀會長會因爲那樣的理由，就說要向你詢問再來。」

「我只是，我……」

加藤雖然大聲說著，卻又把話吞了回去。

「只是，怎樣？」

「……」

加藤低下頭去。這時候店員將餐點送來，排列在餐桌上。浩平目不轉睛地盯著加藤，但卻沒有與加藤對上目光。

店員終於離開，兩個人面前擺著加藤點的餐點。

「我只是想成爲課長的右手發光發熱而已。」

加藤有氣無力地說。

「成爲我的右手？」

浩平皺起了眉頭。這二十年來，在公司也沒留下什麼像樣的業績，累贅一般的存在，自己也心知肚明。也沒有業務的才能，這樣還沒被解雇眞是不可思議。早就已經有覺悟會被年輕的公司員工在暗地裡抱怨：那個無能的傢伙憑什麼當我的上司。而今竟然有個年輕人說要當自己這種人的右手發光發熱，浩平眞是不敢置信。

浩平瞄了一眼自己的右手。再也不會活動的三根指頭，還是那個老樣子，跟情緒起伏毫無瓜葛地放在桌上。他將右手藏到桌子下方。

「我的右手……」

浩平突然又看了一次自己的右手。他有種直覺，加藤說的右手不是單純的譬喻，而是跟浩平的右手有某種關連。

「我的母親，她一介女子，一個人把我跟我弟弟拉拔長大。」

加藤低著頭，緩緩地開始述說。浩平的視線從自己的右手移向眼前的年輕人。

「二十年前的某一天，我被某個人救了一命。」

浩平更加用力看著眼前的加藤。

「那個人像風一樣地出現，救了我的命。但是，那個人卻代替我被機車撞飛，倒在路上。當時的情景，我到現在都歷歷在目。」

「怎麼可能……」

浩平從自己的記憶挖出當天發生的事。

「那位英雄的胸口別著這個徽章，閃爍著光芒。」

加藤撫摸別在自己左胸的公司徽章。

「雖然我那時還是個孩子，但我認爲，這個徽章就代表著救了我的英雄所戴的徽章。」

浩平曾經看過公司徽章內建攝影機所拍攝下來的事故影片。撞擊前的狀況。撞擊之後。隨著撞擊倒在道路上。數秒鐘後，出現在上方的孩子的臉。那個孩子……。

「許多年後，我才聽母親說，救了我的救命恩人，因爲那場車禍而導致右手再也不能動了。但是，那個人卻沒有對我說過一句怨恨的話。也沒有對母親說過一句責備的話。」

加藤開始滴落大顆大顆的淚。

「母親總是說『你要成爲那樣的大人』，她是這樣把我帶大的。」

浩平還無法置信，只是看著流淚的加藤。

「我也是一直想著要成爲像那樣的人長大的。我只有去病房探望過那個人一次。那個人，儘管受了足以改變自己人生的重傷，還是笑著摸摸我的頭。那個人的右手，被繃帶纏成一大圈。我、我……」

浩平驚訝得說不出話來，張著嘴盯著眼前的加藤。

「母親離婚後，就改回娘家的姓，加藤。我也是在那時，從山田健之助改成加藤健之助。」

「小健！」浩平回想起美咲的驚呼。

「經過那次事件，我與母親謹記了三件事。第一件是那位英雄，大名前田浩平。第二件是公司徽章的形狀。然後，最後是……」

說著，加藤抬起視線，指著浩平的左側，示意著浩平的公事包。

浩平還不清楚加藤指的是什麼，而頻頻來回看著加藤的指尖與自己的公事包。

「課長您剛剛在看的書。」

「咦！」

「我去病房探望時，那個人的床邊櫃子上，就有這麼一本書。不知爲何，我就記得了那本書。而且，母親也連那本書的書名都記得很清楚。」

「那本書，就是這本……你的意思是這樣？」

「是的，『書房的諫言』。」

浩平終究沒有閱讀雅彥送來的那本書便出院了，連書名叫什麼都不記得。甚至不知那本書到哪裡去了。一直到這當下，都沒有留心過這件事。

「那個人出院時，我的母親向那個人的母親問說『令郎也喜好書本嗎？』那個人的母親滿面的笑容說『啊，您說那本書啊？』然後去病房拿來給我母親。她說『畢竟這也是某種緣份』……

從那之後，在我們家，要成爲像那位英雄一樣溫柔的人，這句話變成我與母親的口號。我活到現在，只夢想著讀那個人所看的書、憧憬那個人的公司、成爲那個人的右手。」

「怎麼會有那種事……」

浩平的雙眼也滿溢著淚水。

「那這麼說，你就是那時的。……你就爲了我這種沒有用的人浪費你的人生嗎？」

加藤低著頭搖一搖。

「託您的福，我很幸福。我以前想，如果能實踐那本書所寫的事，那就會多少能拉近與您的距離了吧，所以拚命地讀了許多書。拜那所賜，我變得越來越幸福。

這全都是因爲有您。

但是，我越是幸福，就越在意您。在我的幸福的背後，有一個人犧牲了右手的自由，這樣的想法，經常壓在我的肩頭上。

因此，靠著公司徽章這條線索，我便進了這間公司。

面試時，井上部長不僅是業務部長，他也兼任人事部長。

見到井上部長眞是幸運。面試的最後，我問了『貴公司內是否有一位名爲前田浩平的先生呢？』井上部長一臉疑惑，問我『是有這個人，不過怎麼了嗎？』

我聽到他這麼說，眞覺得自己得救了。我很熱情地跟他說『我是因爲希望與前田先生在同一個部門才來到這間公司的』。井上部長用盡了方法才幫我完成這個夢想。課長，我……我是因爲想當您的右手，才進這間公司的。」

浩平的淚水止不住地流下。

「你眞是個笨蛋啊。只爲了那種事，爲了當我這種人的右手而這樣過你的人生，你眞是愚蠢啊。」

「這條命是課長救的。我認爲就是因爲救了我，才讓課長失去右手，也一定打亂了課長的人生藍圖。我聽井上部長說過，前田課長本來是研究職位的。都是因爲我才毀了課長大好人生的。

我……我……是因爲課長才得以過得幸福。而且也因爲課長，才得以接觸許多書籍。那時候要是沒有遇到課長，我不認爲我的人生能這樣洋溢著幸福。」

加藤的泣訴停不下來。

加藤是如此背負著對浩平的罪惡感一路走來的。這一路上，毀了他人人生的責任重擔，另一方面自己卻越來越幸福，兩者反差所拉扯出的痛苦不斷累積。

加藤彷彿是想用流出的淚水減輕肩上的重擔。

浩平說出了一句他有確信的話。

「不是你的問題……」

剛開始只發出蚊子般微弱的聲音。

「您說什麼？」

「不是你的問題，加藤。我一直都不知道你的痛苦，一直都在耍賴。一直以來，自己的人生不如預期，我全都怪到不能動了的右手上。

只要這隻右手能動，我就不用當我不擅長的業務，可以在我最喜歡的研究開發領域盡情發揮了……我一直以來都是這樣歸咎於右手的。

但是，其實不是那樣的。我自己也很清楚其實不是那樣的。

我只是歸咎於這隻右手，然後逃避許多事情而已。

像這樣不斷地逃避，我才會對自己說各種藉口。

但是，即使右手不能動，只要在自己現在的位置上，認眞面對自己目前的工作的話……現在肯定早就回研究開發部了吧。

這一切，都是我自己的問題。」

浩平對加藤深深低下頭去。

加藤一路以來所背負的重擔，以及那個被自己害得無法自由使用右手的男人，他那無力又沒前途的上班族人生，這明擺在眼前的痛苦，遠超過浩平的想像。

明白這些的瞬間，浩平的內心彷彿五雷轟頂。

浩平察覺到一個事實，讓他胸口發熱。

「我只能讓我的人生走向幸福……才能救你。」

能夠消除這個年輕人的痛苦的，只有自己。

浩平若是擁有勇氣，能從自己內心所負之傷振作起來，接受命運且開始嶄新的人生，那麼便能拯救一個有能者的人生。

浩平想再次成爲眼前這個年輕人的英雄。

「原來是這麼回事啊……」

浩平喃喃自語。

「課長，請您哪天務必來我的住處。我有個東西想給您看。」

「書房嗎？……」

「是的。自從遇到那本書，我才能過上與書爲伍的人生。我希望課長看看我與怎樣的書爲伍。」

浩平點頭微笑，擦去眼角的淚水。

「啊，好啊，看哪天吧。」

「還有，課長的書房能讓我看看嗎？」

「我，我的？」

浩平不禁失聲反問。

「啊……那也，看看哪天吧。」

浩平只能那麼說了。

「我回來了。」

浩平一回到家，就看到玄關入口擺著一個搬運用紙箱。明明是紙材，卻能水洗，還能使用一萬次，耐用度幾乎是半永久性的了。

日菜從廚房探出頭來。

「你回來啦。那是婆婆寄來的。」

「啊，看起來是那樣的呢。」

浩平將那個紙箱抱進自己的房間。

裡面的內容是浩平之前請母親寄的離屋裡的書。其他還有手掌大的相片用平板，

附著一張 memo

─這些是以前的家族照片。

─我想你要找擁有書房之鑰的人，這應該會有需要，便一起寄給你了。

浩平都快笑出聲了。

母親久繪幾天前已經傳了檔案，所以到世界任何角落用任何裝置都可以看到了，她卻好像還不了解這種事情一樣，仍然跟不上時代地以爲沒有這個平板電腦就看不到家族照片。

機會難得，浩平便從紙箱取出久繪寄來的平板電腦，當成數位相框放在外推窗邊當成裝飾。螢幕上顯示著浩平跨坐在父親兩肩上的照片。

浩平取下領帶，用衣架將上衣掛起來，收到可自動除臭的衣櫥裡，按下按鈕。換上居家服後，浩平到客飯廳，隔著中島向正在下廚的日菜聊天。

「媽媽，今天我覺醒了喔。」

「你在說些什麼呀。」

日菜輕哼一聲笑著帶過。

「眞的啦。我要改變我至今的生命之道了。」

日菜對浩平加強的語氣，停下手邊的動作看著浩平。

「你突然這是怎麼了？爸爸？」

「沒啦，總之我恍然大悟了。我這樣子的話，有些傢伙是沒有辦法變得幸福的。」

他察覺到，自己的這句話還包含了眼前的日菜和女兒凜。

正是因爲車禍而住院，才得以遇見妻子日菜，所以日菜只見過右手不能動了以後的自己。換言之，她沒有見過對自己想投入事業燃燒熱情的浩平。二十年來，她只見過一股腦兒認定業務這工作不適合自己、老是怨天尤人的浩平。

也許，死命背負著「自己眞是可憐」這個悲慘的命運，如此一來最造成困擾的，其實是長久以來信任著自己、跟隨著自己的日菜及凜。

「日菜，我會改的。」

「所以說，什麼事啦？突然這樣，你是怎麼了啦？」

日菜不明就裡，加強語氣再問了一遍。

「我見到他了。啊，不，我一直都在跟他見面啊。」

「跟誰？」

「山田呀。山田健之助。」

日菜對這個名字還有印象。這是浩平爲了他住院的男孩名字。車禍發生後，男孩與母親一起到醫院，兩個人在走廊張望著病房門的樣子，她看過好幾次。

那時候還是護理師的日菜出聲問道「要進去嗎？」而母親只說「進去會造成人家困擾，我們在這裡祈求他早日康復就好」，之後便再也沒見過兩人了。

「你見到那個小健了嗎？」

日菜放下菜刀，走出廚房。

「原來……他就是加藤。」

「咦？」

「就是我們公司的那個加藤呀。山田健之助就是那個加藤啊。」

「不是的吧！」

浩平將加藤的故事，一五一十轉述給驚訝不已的日菜。

浩平回到自己房間後，隨即深深坐進沙發裡。沙發配合浩平的動作，傾斜椅背，抬高腳踏板。

他伸出手，從左側的桌上取來一本書。

現在，浩平第一次是以自己的意志想閱讀書本。

既不是為了尋找「適當之人」，也不是為了對於父親的罪惡感，甚至也不是不看不可的義務感，而是出於某種別的意念，讓浩平伸手取書的。

那是一種「想要蛻變」的強烈意識。

活到現在的自己的人生，不是其他誰造成的，更不是不能隨意使用的右手所造成的。浩平終於打從心底想通，如今會走到這步田地，這全部都是自己的責任。

教會浩平這一點的，是加藤，那個小時候被他所救的年輕人。而這次，則換成那個年輕人拯救了自己的人生。

浩平想起了志賀的話。

——「**透過習慣，你應該要形成的，是思考。也可以說是心靈。人類的思考，具有習慣性。也就是說，只要放著不管，便總是會想著同樣的事。**」

是的，浩平就是那樣，在開始做什麼事之前，總是說著「只要右手不是這種狀態，我就能從事自己最擅長的研究開發，今天就不是這個樣子了」的藉口，單方面認定不擅長業務，壓根沒有努力提高過自己的業務能力。如果當初沒有這樣一口咬定的話，說不定反而能過上把業務當天職的人生……。

不曾作過的事情竟能從一開始就作得漂漂亮亮，天底下沒有這種事情。剛開始作不好，也許並非是因爲沒有才能，而只是因爲沒有作過而已。

只不過，浩平有個一旦不順利就立刻前往躲避的防空洞。那就是「右手的不自由」。

他發覺這種逃避，正是自己的思考習慣。不，或許應該說，他分明已經發覺到了，卻只是沒有正面接受的勇氣。

不過，現在不同了。他明白，自己的懦弱和沒有勇氣，只會將自己推往自己方便的防空洞而已。

「照現在自己這樣的思考習慣，誰會變幸福啊？能安慰自己嗎？」

兩個答案都是NO。

因爲自己缺乏勇氣，而讓加藤、日菜、凜吃了不少苦，這肯定沒有錯的。不，甚至自己也沒有變得幸福。然後，別說是安慰自己了，他只是不斷地變得卑屈、悲慘而已。

接著又響起了志賀的話。

——「所以，我們應該養成的習慣，是能讓心靈更加堅強、開朗、美麗的習慣。那樣的心靈所展現出來的言語、行為、結果，會在生活之中一直牽引你，讓你的人生走向幸福。會賦與你的人生重大意義。擁有那樣習慣的人，不只自身，也能讓許多人幸福美滿。」

浩平現在誠心如此期許自己。

爲了擁有堅強、開朗、美麗的心靈，現在自己應該要作的，便是拿起書來閱讀。

他強烈地如此感受到。

對書的拒絕反應，其實也不過是自己內心的懦弱所表現出來的樣子而已。這種事情直至今日才老實地承認。

那是一種逃避，逃避父親這堵巨大的牆，巨大的障礙。

對浩平來說，雅彥是一個巨大的存在。

受到親戚們尊敬、被地區的人們所愛戴，在醫師之中也備受尊崇，雅彥就是個超越父親的巨大存在。

孩提時的浩平，比誰都還要尊敬那樣的父親。父親是他的驕傲，也是最喜歡的人。雖然不曾向他人提起過，但那時的浩平，夢想著將來要當上醫師，成爲像雅彥一樣的人。

然而，隨著成長，不得不承認自己沒有像雅彥那般的學習能力。即使做到比他人用功，也從未感到自己身上有著能成爲醫師的超群能力。

當浩平開始意識到雅彥從守護的銅牆鐵壁變成非超越不可的障礙時，才驚覺雅彥這障礙也未免太過雄偉。便漸漸地，逃避走上跟雅彥同樣的道路。

幸虧從未跟誰提過自己的夢想，所以才能毫無顧忌地放棄醫師之路，宣稱自己的夢想是進理工類大學、成爲研究人員。畢竟內心深處，沒有自信在醫師之道上能超越雅彥這個障礙。

浩平也很清楚，雅彥喜好閱讀書本，他靠著他的閱讀能力開拓人生。但是，當自己也去實踐看看，才發現之前從未預料到的事情是，即使用同樣的作法，也沒有自信能成爲比雅彥還巨大的存在。

那麼，只要不站在同樣的比賽場地上，自然便不會被拿來比較。

浩平自嘲性地笑了笑。

「明明就沒有人在作什麼比較的啊……」

浩平拿著『書房的諫言』這本雅彥遺留給他的書，怔怔望著。

自己一直以來，逃避了父親這巨大的障礙，逃避了右手不自由的障礙，逃避了業務這個工作的障礙。每次都會想出一籮筐的正當化理由，說給自己聽，讓自己接受這些理由。那就是浩平不斷重複的思考習慣。

「我還眞是個遜咖啊……」

喃喃自語自嘲過後，浩平打開書本開始繼續閱讀。

「我再也不逃避了。」

對於過去採取逃避障礙的生命之道的自己，不知怎的覺得可悲了起來。

但是，並不覺得厭惡。

而是，彷彿自己正客觀地、像第三人般地看著昨天以前的自己。一種歷經了蛻變後的感覺。

「才只遇見這麼一本書，人生竟然就有這莫大的變化啊……」

浩平有種感覺，活到現在總緊閉著從不打開的心門，今天終於找到那扇心門的鑰匙了。

名爲書的心之鑰。

書房的諫言

閱讀，將開啓「人生的大門」

現代書房

序章　爲何不將心靈也沐浴一番呢？

結束了一整天的工作，回到家。

爲了消除全身的疲勞，大家都會去洗個澡吧。一洗下去，一整天下來的身體汙垢都一乾二淨，而且精神上也煥然一新。

尤其是日本人，特別喜歡洗澡。

「一天沒洗個一次澡，就渾身不舒服。」

「想洗淨一整天下來的汙垢再上床睡覺。」

我想，大部分人是這樣的吧。

雖然衛生學上來說，並非每日都必須洗澡，不過似乎許多人不每天洗個澡就會不爽快。

「請問您可以忍耐幾天不洗澡呢？」

如果被這麼問到，恐怕有許多人會答「一天」「每天洗澡是理所當然的」吧。

只要過了一天，人體便會流出超乎自己想像的汗。還會出油，沾上汙垢或氣味。不只運動的人或從事勞力工作的人，即使一整天躺在家裡看電視，或在有空調的舒適辦公室內工作的人，也不可能不流汗、不出油。

還小的時候，一回到家，父母便會嘮叨地催促「去漱口、去洗手」。光是在外走上一天，就會沾上許多肉眼無法看見的灰塵、髒東西、細菌，回到家時便把這些也一併帶回家了。

只要過了一天，身體就會確實地累積一天份的汙垢。會想清掉那些汙垢來結束這一天。

這也許就是根植於「清潔」「淨化」的日本人特有的思考方式吧。總之，比起身體、頭皮髒兮兮地就寢，會較爲傾向希望洗得乾乾淨淨再就寢，這是再自然不過的事了。

那麼，心靈呢？

只要過了一天，不論你願不願意，都會遇到各種事情、接觸許多資訊。街上擦肩而過的人、電車上偶然坐在旁邊的人、公司的上司或同事、屬下、客戶、報紙、電視或網路新聞、朋友、家人……每一天，我們接觸到的資訊實在是非常大量。

接著，這些大量的資訊中的大部分，你會在無意識中接收起來。

使內心變得脆弱的話語、給美麗閃耀的心蒙上一層烏雲的話語、粉碎對未來的希望的話語、使你感到明天陰暗無光的話語、挫敗你的自信的話語、使你懷疑自己是否毫無價值的話語……。一整天下來，置身於充斥著這種話語的環境中，再回到家。

在我們不知不覺中，心靈也沾染了許許多多的汙垢回來。

「不喜歡帶著身上的汙垢就去睡覺」即使是如此主張的人，卻也有許多人會帶著心靈的汙垢就去睡覺。不去【心靈浴室】沐浴一番便結束這一天。

不去【心靈浴室】沐浴一番的話，那麼就會帶著前一天的心靈汙垢迎接隔天的早晨。而後，隔天也是一整天暴露在讓心脆弱、蒙上烏雲、使之陰暗的事情及資訊下，才回家。

如此這般持續個幾天，心靈就會整個變得脆弱、陰暗。僅需短短幾天，便足以放大對將來的徬徨，使你失去對自己的信心。

即使由於某個契機而能樂觀地看待自己的未來，過了十天，便急轉直下變得陰暗地想著「明明還曾有過那樣的心情的……」這都是因爲沒有進【心靈浴室】沐浴一番的緣故。

那麼，【心靈浴室】是什麼呢？

我想，敏銳的讀者們應該已經猜到了吧。那就是【書房】。

過了一天，身體就髒。
過了一天，心也變髒。

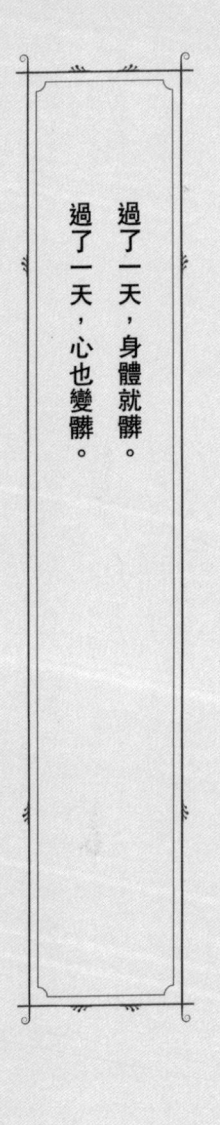

第一扇門——在書房洗去「心的汙垢」

1 用純淨的心去體會閒適的每一天

【書房】就是【心靈浴室】。

這裡說的【書房】，是指一個排列自己已看完的書的空間。這麼說來，或許將之稱爲圖書館會比較容易有個概念吧。

邂逅了一本書，就可能讓心輕快起來。

邂逅了一本書，就可能獲得向前邁進的勇氣。

邂逅了一本書，就可能對未來更加樂觀看待一點。

也有可能讓你更期許自己的人生、或者更溫和有禮地待人、或者學習到新事物、或者尋找出自己的生命意義，甚至或者是一個將自己的人生 180 度轉變的契機。

邂逅了像上述這樣的一本書時，甚至會不禁覺得「這本書就是爲我而寫的啊！」感到彷彿命中註定的一般。如果沒有邂逅到那本書，如今便會走上不同的人生，那本書如此程度上地成爲了人生的重大轉機。

要是邂逅了那麼一本書，請試試看，準備一個空間安置它，簡單的小櫃子也無妨。

在尙未閱讀前，書本不過只是一堆紙罷了。不過，閱讀了之後，它就會變成一個無邊無垠的世界的入口。看到書背，你就已經知道這個入口通往了怎樣的一個世界，前往那個世界會獲得怎樣的勇氣，會變得多麼快樂。那麼這本書就不再只是一堆紙了。它是一個世界，不，甚至可以說是宇宙。

遇見了對自己人生產生影響的書，便將它排列在櫃子裡。首先就從第一本開始試試看吧。接著，又遇到一本書，再將它排列進去。又再遇到一本書、排列進去。如此週而復始，不出半年就會擁有一個十本左右的小型私人圖書館了吧。這也是很了不起的【書房】。

試試看，在一天即將結束之前，花個短短數十秒也好，坐在你打造的私人圖書館前看一下書背。這麼做就能回想起差點忘卻的寶貴內容，就能清掉一整天下來所沾染的重重心靈汙垢，再乾乾淨淨地入眠。

將改變自己人生的書，放個十本左右在小櫃子裡，就能打造出【心靈洗臉台】。在洗臉台可以洗臉，也可以洗手，洗掉帶回家的汙垢。即使是小櫃子，也具有漱口、洗手的效果。

差不多邂逅到十本令你兩眼一亮的好書，你就會了解【**遇見能改變人生的書，那種喜悅是難以取代的**】。接著，你會尋求與這種書相遇，去追尋更有意思的書，渴望得知更多事物，變得伸出雙手般地渴求。

如此持續下來，小櫃子會不夠用，你一定會去買個書架。

當改變了自己的思考方式、人生的書累積到一百本左右時，將它們排進書架，那書架便成爲你專屬的【心靈淋浴間】。

要到達這個程度，從開始閱讀算起肯定需要個兩年吧。有一個地方，能洗淨一天下來，自己由內所產生的汙垢以及由外沾染的汙垢，這種喜悅是其他事物難以取代的——這一點，想必到那個時候，你早就已經發現了吧。

在一天即將結束之前，進入【心靈淋浴間】，靜下心來瀏覽過書背。如果時間允許，那就伸手拿起新書，浸淫在那本書所通往的世界中。如此一來，即使在每一天的生活中遭遇了污染內心的事、讓自信瀕臨崩潰的話語、否定自己存在的文字，只要沒有某種程度的重大事件，那麼就能在心靈乾淨的狀態下去度過每一天。你的生活，就慢慢變得不會被周遭發生的讓心靈脆弱的事，或使自己不禁覺得自己沒有價值的話語耍的團團轉了。

每天持續享受閱讀所帶來的「心靈閒適」，大概十年便能成就由一千本改變自己人生的書所建構的【心靈浴室】，亦即【私人圖書館】。

突然對一個沒有閱讀習慣的人說「來試試看在自己看過的一〇〇〇本書的圍繞之下生活吧」，恐怕對方也只會覺得「不可能啦」吧。但是，如果能體會到閱讀的樂趣，累積遇到的每一本書的美好體驗，不知不覺間就會達到這個成就的。

出發吧！

去遇見那本讓你感動到足以改變人生的書！

就從第一本開始。

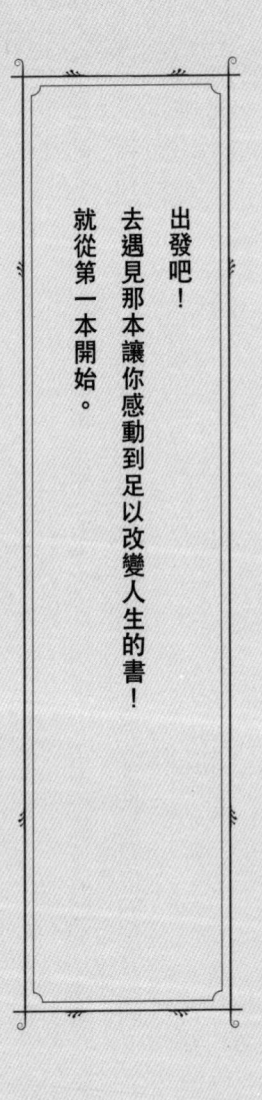

2 遇見多少書，就增添多少幸福

生活中，洗澡是非常重要的。那麼，你應該要感到【心靈浴室】，也就是【書房】有著同等的必要性。租屋時，最好選擇同時具備有洗去身體汙垢的「浴室」，也有洗去心靈汙垢的【書房】的地方。

當然，自己蓋的房屋也是一樣。在設計建築時，沒有人不設置浴室的吧。我感到【書房】的必要性，與浴室是同等的。

目前家裡還沒有一個房間可以當成【書房】的人，那麼就從「小型圖書館」開始做起吧。首先準備一個小櫃子，放大概十本左右的書。書本的數量增加後，就購買可以容納一百本書左右的書架，只要先確保放置的位置，即使是現在的住處應該也是做得到的。首先，就從這裡開始。

離開家鄉到都市開始一個人生活的年輕人，有不少是住在套房。

想像一下在一個空蕩蕩的房間內，依序放入生活上所必要的物品，營造自己的生活空間。首先會放入什麼呢？第一個，是寢具。不管是床還是打地舖，寢具肯定是必要的吧。下一個呢？再下一個呢？

雖然接下來的順序會因人而異，但相較之下，看來是電視、電腦、沙發、桌子等營造娛樂環境的物品還是會被排在前面一點吧。

也就是「放鬆」兼「遊樂」的房間。因爲只有一個房間，所以得兼具多項功能，這也是沒辦法的事。不過，如果能在電視、電腦、遊戲機等之前，先排進書、書架與學習用的書桌，那麼應該就能大幅改變往後的人生。

如果只有一個房間，那麼就佈置成寢室兼書房。放鬆兼遊樂的房間就等有兩個房間時再佈置——。我認爲這也不遲。這樣的順序，比起先佈置娛樂房，等有兩個房間時再佈置書房的人，很明顯地能大幅提早實現「有兩個房間的狀態」。

我想只要花點功夫，即便是一個房間也能有個可收納一百本左右的書的地方。不過，累積到一千本書時，就必須要有個專屬的房間了。也就是說，要打造作爲【心靈浴室】的【書房】，家裡就需要多出一個房間。

爲此，便必須搬家、改建、購置第二間房屋或租屋，需要一筆不小的費用。即使如此，仍然有打造【書房】的價值。

從古至今，富有人家裡都有書房。在書房裡的書，是怎麼來的呢？

「因爲擁有巨大的財富，才有閒錢。所以才能去買書，模仿其他成功人士把看都不看的書排著」——到底有沒有這樣的人呢？也許某部分愛慕虛榮的人是這樣的吧，但大多數擁有書房的成功人士則持相反意見。也就是說，是這樣的。

- 在獲得財富之前就已經看過許多書，並持續不懈地親身實踐從書上學習到的知識，才成爲成功人士。
- 在獲得財富時，希望隨時能見到引導自己到如今成就的書，而在屋內設置書房。

不是因為成功了才打造書房，而是書房必要到能遇見許多美好的書才能因此成功。這麼考慮才自然。

沒有閱讀習慣的人，不管多麼成功、多麼富裕，都不會在自家內打造書房，而是弄成附吧台的撞球間或大螢幕劇院之類吧。

持續見到「改變人生的書」，這樣的每一天都是幸福的。當這樣的書超過一百本，漸漸會煩惱起放置的場地了。即使這樣，也不用太介意，就放膽去繼續那與書的美好邂逅。

二百本、五百本地，隨著看過的書數量增加，你會發現自己在精神上也好、人格上也好，都有大幅的成長。你應該會親眼見證，過去過著與書絕緣的生活時所難以想像的與人的相遇及緣份、勇氣及創意、機會及奇蹟，竟就在自己的人生中漸漸多了起來。

看過越多書本，越會發現自己的才能及可能性，並為之驚訝。然後，你就能確信自己的生命意義，確信「我就是爲了作這件事才來到這個世界的」。

畢竟，難得出生來到這個世界了。

總會想發掘自己的可能性來過一生的，不是嗎。擁有【書房】的生活，就能提供你那麼美好的人生。

閱讀，是豐富人生的一項投資。

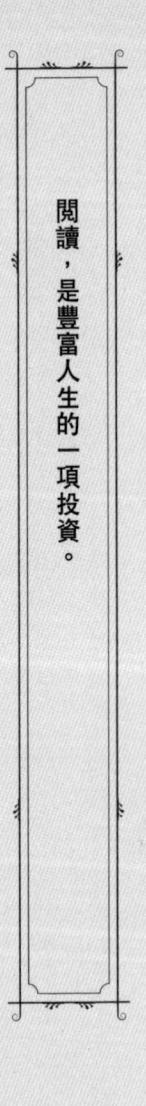

3 將書房打造成自己專屬的聖域

接下來就會進入依照閱讀的用途來分類的階段了吧。

出國旅行時，電子書確實是很方便。畢竟，可以將想看的書全部輸入一個裝置帶著走——。

所以現在的理想狀況會變成是「喜歡的書，既有紙本也有電子檔」吧。說不定不久之後，這世界會變成買了紙本書，就能很當然地下載電子檔。

即使如此，我依然在尋求只有紙本才具有的優點。結果是，買了紙本，一邊覺得很重，卻又一邊抱著一堆書出門旅行。

那是因爲，紙本書有著一個最大的魅力，那是除了紙本書之外營造不出來的。那就是【書房】這個空間所產生的氛圍的力量。因爲有這股力量，【書房】才會成爲【心靈浴室】，光是待在裡面，就能洗掉一整天的心靈汙垢，讓你回想起自己的志願及生命意義的地方。

目前電子書還沒有辦法有這種效果。

坐在【書房】裡，自己所看過的書本們，都在向我的靈魂細語。

架子上排列著的書本，每一本都各自通往別的世界。

許多有遠大願景的人們，他們的人生就裝訂在書裡。

僅望著書背，書本就向我的靈魂提問：

「你，要如何活？」

每一次，都讓我驚覺，回想起當初我下定決心要將自己的人生用於何處。

爲數極多的書本們透過書背向我細語的這個叫做【書房】的空間，具有其他空間難以比擬的效果。

那麼，你還會認爲「書什麼的，就算不看，我還是能成功的！」嗎？

對於像這樣，才華洋溢自信滿滿的人，或是雖然沒有閱讀習慣卻已經用別的某種方法成功的人，有一件事希望你們能思考一下。

那就是，是不是正因爲沒有閱讀書本，所以才只是目前這程度的成功呢？

也許你的確有著過人的才能，但若如此的你有閱讀的習慣，說不定就不止現在這樣了。

再怎麼一帆風順的人，有時候也需要維持與絕望戰鬥的勇氣。即使沒有絕望這麼深刻的感觸，日常生活中也有源源不絕的不安與煩惱。

只要活著，就會有污染心靈的事件或話語，而能將這些洗得乾乾淨淨的地方，就會成爲讓你持續活得幸福快樂的聖域，這是人生當中無可取代的。

在書房與自己的靈魂面對面，
蛻變成嶄新的自己。

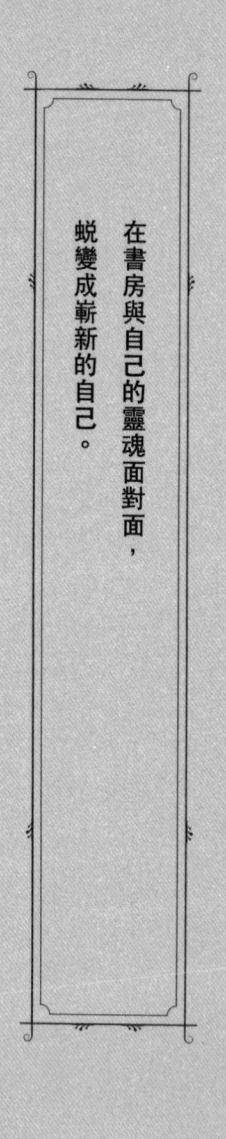

第二扇門——在書房尋找「人生的方針」

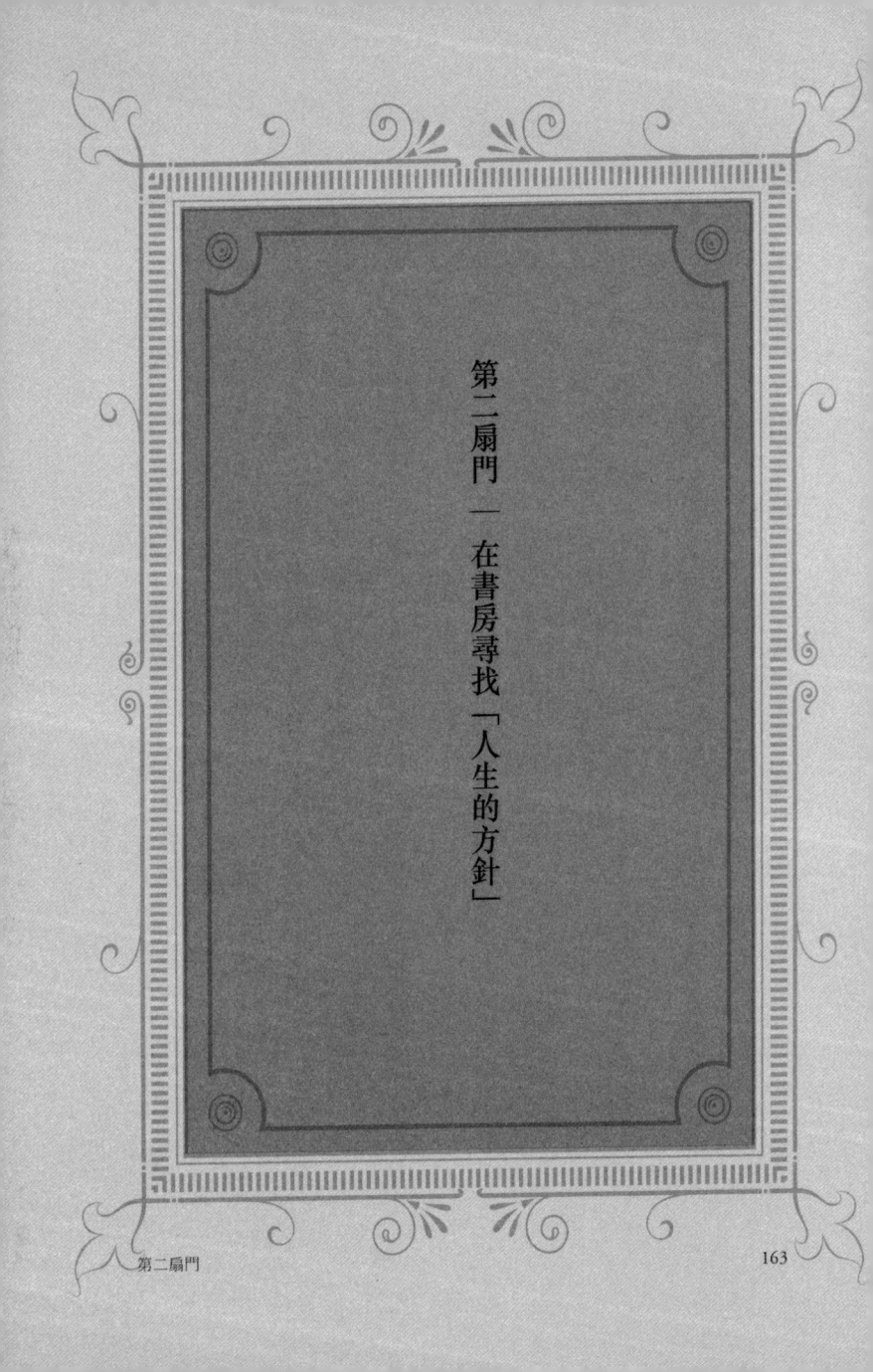

4

決定人生的，不是才能而是習慣

有禪語云「本來無一物」、「無一物中無盡藏」。人，原本就是身無一物、一絲不掛地來到世間。

現在正看著這麼本書的你，請看看你的周遭。你所看到的所有物品，全都是你出生後才獲得的。沒有一個是你出生時帶來的。

所有人出生時都沒有帶著任何東西。從「生存所必須之物」到「更好的生活所需之物」，人們發揮自己的能力取得「許多東西」以過活。而人們所「獲得之物」，其中有著不小的差異。

是什麼才造成這個差異的呢？

多數人深信「生長的環境與天賦的才能，決定了『獲得之物』」。

但其實內心深處，明白「仔細想想，並不是那樣」。

但是，如果不歸咎於自己而是歸咎於其他事物，那麼就可以不讓自己受傷了。因此，便不太深入去思考這個問題。

生長的環境並不決定「獲得之物」的質與量，這一點，若是看過許多傳記便會知道。你會發現，貧窮又缺乏資源的環境中出生的人，幼少時的珍貴經驗關係著將來的耀眼活躍。

倒不如說，就是因爲生在富裕家庭，所以幼少時期無法經歷各種體驗，而浪費了大好人生的，也大有人在。

當然，也有生在貧窮家庭而一生被迫過著苦日子的人，也有生在富裕家庭而一生衣食無虞的人。有人是這樣被生長環境左右著「獲得之物」，這也是事實。

也就是說，生長環境雖然會影響到人生中的「獲得之物」，卻無法決定那對你是好的影響或壞的影響。

憤恨著自己身處的環境，羨慕他人所置身的環境，這種時候，你必須提醒自己，這些都不會決定你今後的人生。

畢竟，你無法斷言，與自身處境相同的所有人，他們的人生註定不能成功。

在這種時候，你應該要想的，是自己能不能斷言，有沒有出身於比自己貧乏的環境卻在人生中獲得了比自己還更多的人？這個自問所得出的答案，應該會是「一定有」。

決定人生的既然不是環境，那麼說不定是才能囉？

的確，在每個領域上，都會有些人擁有出眾的才能。所以，也許認定「自己無法在人生中取得成功是因爲自己沒有才能」，能讓自己感到輕鬆。

但果然還是「**人生中『獲得之物』並非取決於才能**」。

這答案很明顯。即使天賦異秉，但許多人卻沒有活用那份才能便終此一生。也有人分明才華洋溢，卻用在錯誤的地方而過著不幸的人生。

在體壇，也不能僅僅因爲有著非常優秀的才能，年紀輕輕便功成名就，就只依靠才能過活。令人遺憾的是，現狀就是在晚年玷污了自己年輕時的名聲，這樣的人比比皆是。所以，優秀的才能，並不能保證擁有美好的人生。

也就是說，一個人在人生中的「獲得之物」，並不取決於生長環境，也不取決於與生俱來的才能，而是取決於別的。

那就是習慣。

優異的才能不一定會帶領你走向美滿的結果，但**優良的習慣會帶領你走向美滿的結果**，這是古今中外都成立的眞理。

爲了讓自己的人生走向美滿，我們應該要依賴的，不是生長的環境或與生具備的才能，這種自己再怎麼努力也無法改變的事晴上。

優良的習慣，才會改變自己現在的行爲，使人生美滿。

習慣會琢磨人，
不論何人，只要經過琢磨就會成為美好的人。

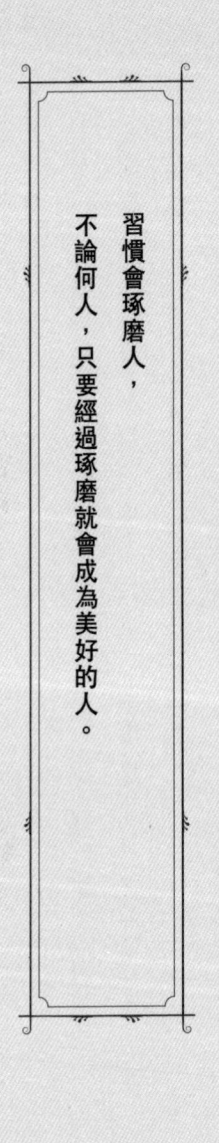

5 透過閱讀習慣，人生會有戲劇性改變

假設人生中「獲得之物」是取決於習慣而非才能的話，那麼我們便需要探討所謂優良的習慣是什麼了。當然，優良的習慣不只侷限於一個。而是包含許多的好習慣。

但我認爲，閱讀習慣，是最不被珍視卻也最珍貴的習慣。

「有閱讀習慣的員工」與「沒有閱讀習慣的員工」之間，知識量、想法、理解人心的能力，就會有巨大的差異。整頓自己情緒的能力、「緩和自己情緒」這種自我管理能力，也會漸漸出現大幅的落差。這些能力的落差，也就代表使人喜悅的能力有落差。也就是說，使遇到的人幸福的能力上有著巨大的差異。

「有閱讀習慣的人生」與「沒有閱讀習慣的人生」之間，在人生上「獲得之物」會產生巨大的差異，而在人生的體會上也截然不同。體會人生的深奧與喜悅的心靈，其豐富度也天差地別。不止如此，對所有關係到的人的幸福也有深遠的影響。

這個眞理適用於任何職業、任何立場。

「有閱讀習慣的〇〇，和沒閱讀習慣的〇〇之間，在人生中所感受到的幸福真是天壤之別，同時，讓周圍的人幸福的能力，以及收受的報酬也非常不一樣」。

「〇〇」裡什麼都可以代入。公務員、老師、兼職人員、木工、美容師、母親、學生、考生、足球選手、鄰居、醫師、病患、演員、日本人……。

而深知這個閱讀習慣眞理的人們也存在著。那就是企業的經營者們。

企業的經營者們，肯定保持著閱讀的習慣。有人是一開始就有閱讀習慣，但也有人本來沒有閱讀習慣，是隨著持續經營企業之後才習慣閱讀的。這是因爲他們深知，不這麼作的話，便無法讓自己的公司有所成長，也無法保住員工的人生。

亦即，經營者們不是隨性地想說「兩邊比較起來還是看書比較好吧」，而是採取「希望遇到好書」這種積極的態度來閱讀的。

沒有閱讀習慣的經營者所經營的公司，無法適應社會變化，也就無法長久。那樣的話，就無法讓員工、家庭、顧客幸福。再者，越大的企業，則擔負的人生的數量也越多。爲了要讓公司裡所有人都能幸福，這給了經營者超乎想像的沉重壓力。

如果不具備堅強的內心以應對時常將要摧毀自己的壓力，就無法勝任經營者的角色。常保內心堅強、開朗、美麗，這種必要性是經營者趨之若鶩的。

所以，越是大公司的經營者，越是擁有一個圖書館。

他們透過每天進【心靈浴室】，整備一天下來的壓力，重新定位自己的角色，每天都用嶄新的心情去投入經營。而也因爲有這樣的習慣，才能耐受沉重的壓力，持續經營下去。

再如何高人氣的經營者，也無法只憑自己一人的經驗與感覺去經營公司。也許公司能在某個時機趁著某個情勢，有爆發性的成長，但卻無法以這種一時的方法來撐起員工的一輩子。

這是因爲，社會的變遷非常激烈且迅速，即使以個人的經驗、感覺所形成的單一方法或理論獲取了成功，但行不通的日子很快就會來臨。

從地球的歷史來看，像人類這樣奔跑速度慢、爪子不鋒利、牙齒和力氣都不發達的生物能夠生存下來，並達到如今的繁榮盛況，那不是因爲強壯，也不是因爲智力，而是能夠應變，這也是以「進化論」而聞名的達爾文所指出的理論。

在商務的世界裡也是如此，能夠生存下來的公司，並不是強大的，也不是集眾人智慧於一身的公司，而是不固執己見、能與時俱進不斷求變的公司。

爲此，不可斷言「書什麼的，就算不看，我還是能成功的！」作爲一個承擔眾多員工人生的經營者，不斷警惕自己「必須要閱讀許多書、持續求新求變」這是當然且必要的。

歷經時代的狂風暴雨洗禮過的經營者們，深知這一點。所以如果是眞心思考著員工的幸福人生的經營者，便會理所當然地抱持著「如果能因爲自己的閱讀習慣而能多少保證員工的幸福，那麼就沒有理由不讀書。」的心態。

亦即，我們可以說，「社長室內陳列著各式各樣的書」這種印象，是必然所產生的光景。

因閱讀而進化了的你，
將會不同於現在、像變了個人般地發光發熱。

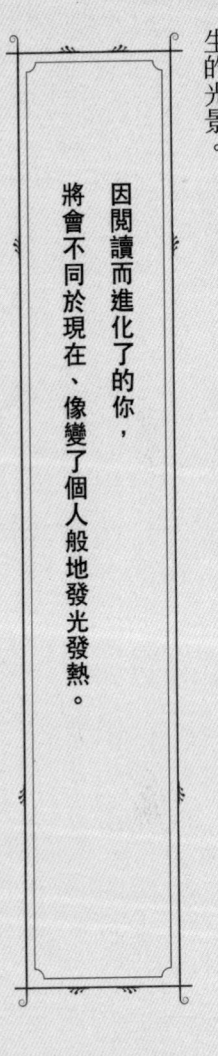

6 透過閱讀，讓人生夢想更清晰

「我們要擁有夢想」、「我們要實現夢想」。

孩子們被這麼教育著長大。

在畢業感言中，羅列了孩子們「將來想成爲的人」。

學校老師、職業棒球選手、舞者、醫師、護理師、聯合國專員……。一看就知道，對大部分的孩子而言，「擁有夢想＝選擇將來想從事的職業」。

之後，看到如願從事希望的職業的人，大人們便會說「實現夢想了呢」，也因此，說不定對大人而言也是「擁有夢想＝選擇將來想從事的職業」。

但是，不論從事任何職業，都並不代表光靠從事該職業就能變得幸福。畢竟，既有「幸福的學校老師」，也有「不幸福的學校老師」。

所謂的夢想，本來應該是只要實現了就一定能變幸福的東西。

只是，即使把職業作爲夢想，也不知道是否實現了就能得到幸福。這是因爲，「從事某個職業」這種所謂的夢想，只不過算是「目標」而已。

本來，在訂定「目標」之前，應該還要有個「目的」。所謂的「目的」，就是對於**「自己想要成為怎麼樣的一個人？為此，要決定將自己的人生用在何處？」**這樣本質性的問題所得出的答案。

在得出一個具體的目標之前，如果自己沒有一個人生目的作爲基礎，往後只會徒然累積對人生的不安。也是有達成越多目標卻越是不幸福這種事情。

比起「要作什麼」，應該要先思考「想成爲怎麼樣的人」。這一點有沒有先定下來，會決定今後能不能變幸福。

「自己人生的目的」稱之爲「志向」。

依照吉田松陰的教誨**「人若有志萬事可為」**，首先要有一個志向，再思考爲了貫徹那個志向而要作什麼。亦即決定目標。如此一來，「達成夢想或說是目標的人生」才會連接上「幸福的人生」。

忽略過志向，只一味追問孩子「將來想當什麼呢？」這樣孩子便會越是追尋夢想，越是讓外在的行動偏離自己的內心主軸，甚至可能導致不幸。

譬如，決定「我要將自己的人生用在使人展露笑容」，這也是很了不起的志向。志向立定了之後，才會思考方法「那，我要怎麼做才能使人展露笑容」。

這個時候，會在自己想做的事情當中，把看來能夠讓許多人展露笑容的職業作爲將來的目標。「爲了讓遇到的人都能展露笑容，我要成爲律師」會像這樣把將來的目標決定下來。

先有「人生的目的（志向）」，才能擬定出「目標」。

沒有志向的人將「成爲律師」設定爲目標的話，便會爲了達成目標而不擇手段。當遇到人或事，便僅用是否能最有效率地達成目標爲取捨的條件。

其結果，卻可能一邊使遇到的人或身旁的人吃苦、哭泣、憤怒，一邊達成律師這個目標。

而另一方面，**對有志向的人而言，到達成目標以前遇到的所有人、所有事，都是琢磨自己的砥石**。他會爲了讓遇到的人都能展露笑容而將成爲律師設爲目標。所以，便會努力讓在達成目標之前的過程中所遇到的人快樂。

就像這樣，在達成目標之前的過程也好，達成目標之後也好，他都能體現出持續實現自己志向的「幸福的生命之道」。

「我要將自己的人生用在拯救人命上」如此立志的人，其目標大抵是「醫師」吧，但即使無法達成醫師這個目標，也可以經由藥品研發來達成拯救人命，也可以當消防員來拯救人命。救護車的駕駛也是在拯救人命。

若有決定好自己人生的「目的」、「志向」，則即使「目標」改變，也不會自卑自貶，認為「自己沒有意義」。

另一方面，雖然沒有志向但「成為醫師是我的夢想」，這樣的人，或許是只將「自己賺大錢」這種自私自利的慾望當成夢想吧。

這樣子的人，當無法達到到目標時，甚至會找不到自己人生的意義。即使能夠成為醫師，只要沒有志向，那麼就會將自己的收入優先於患者的幸福，如此一來便不能成為會讓患者感謝的好醫師，走上與「幸福的醫師」差得遠了的人生。

人若有志，不論人生中遇到任何人、任何事，都成為琢磨自己的砥石。

人若無志，則會將所遇到的人、所遇到的事，都分成要的與不要的，並將他認爲無用的人事物切割、捨棄。

失之毫釐，會讓一個人的人生差之千里。

與一本書的相遇，其中蘊藏了使你自覺應將自己的人生用於何處的力量。

也就是說，一旦養成閱讀習慣之後，很自然地便會變得能胸懷「志向」。閱讀可以說是爲了將「人生的目的」鞏固於內心中的最好習慣。

不，也許也可以說，只有書才才具有那種力量。

人若有志，任何事都樂在其中。
人若有志，任何事都成為養分。

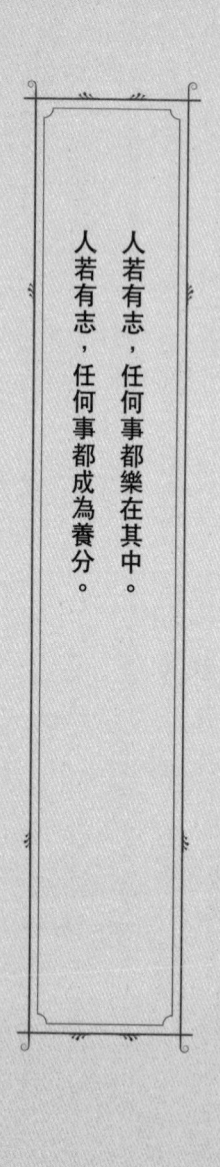

第三扇門——在書房與真實的自我對話

7

不怕與他人不同，這份勇氣是拜書本所教的

我們從小就被說著「去看書」長大。所以會想「不知怎的總之就是看書比較好吧」。只是，說著「去看書」的大人，自己也並不明確地理解「爲何」，所以被說的孩子也當然無法想到「不論如何，不看書不行」。

所以，一回到家，大人小孩都看著電視打發時間。在電車中也不是看書，而是拿出手機玩遊戲浪費時間。

即使認爲「書非看不可」的人，也會將沒有時間當成理由而不去挪出一個閱讀的時間。

考生會說「準備考試就很忙了，沒空看書」，母親則會說「家事就很忙了，沒空看書」。但是如前所述，正值公司成長的企業經營者理應忙於工作才對，但就連這樣的經營者也確實地挪出看書的時間。這是因爲他們知道，如果不看書的話，就

無法使人變得幸福。

電視呀遊戲呀，這是不能消除內心深處累積的不安與徬徨的。

只有在看的時候，只有在玩的時候，才能將不安與徬徨置於一旁。但關閉電源的那一刻起，不安與徬徨便會復甦了過來，於是只好開著電視等自己想睡。有必要的話還會借助酒的力量。直到墜落進深沈的睡眠，讓誰來幫自己關掉電視、蓋上被子——。

也許偶而這樣的夜晚也不錯。不過，每個晚上都這樣的話，想到這個習慣所帶來的「獲得之物」……我想這稍作想像即可想見。畢竟，「人生之中獲得之物」是取決於習慣的。

即使逃進電視、遊戲、酒精，但卻不能消除對未來的不安與徬徨。

要消除不安與徬徨，最好就是進入身爲【心靈浴室】的【書房】，閱讀讓心靈更加堅強、能給予你勇氣的書——這樣過生活的方法，才是知道如何療癒一天疲憊的人在作的。

沒有閱讀習慣的人會認爲「書什麼的，就算不看也能活下去」。

的確，如果只是將生存當成目標，那麼用電視、遊戲來忘卻不安與徬徨，這樣的方法也並非不可行。

但是，若以「幸福地生活」、「過更美好的人生」、「讓家人幸福」爲目標的話，那麼閱讀的習慣便不可或缺。不論何種職業的何種父親，「有閱讀習慣的父親」和「沒閱讀習慣的父親」之間，對於發誓過「要讓妳幸福」的妻子，以及在孩子出生時流著淚說過「我會讓你這孩子幸福」的孩子，這兩種父親之間對於妻兒的人生所造成的影響，不可能沒有不同。

即使如此，不知爲何，大家還是一回家就單手拿著啤酒坐在電視前，「書什麼的不看也沒關係啦」地，安逸地過生活。這種安逸從何而來，其理由是「大家都這樣作」「我這樣跟大家一樣」吧。

也許有許多人對於說自己「興趣是閱讀」的人，抱持著「正常人」的印象。但是，實際上並非如此。別說是正常了，甚至是非常的「不正常人」。也許稱之爲「怪人」還比較妥當。

現代的「正常人」，是從早到晚看著電視的人。因爲大多數的人都是那樣過生活的，所以現今的正常都由電視所塑造。所以，誰跟誰交往或誰跟誰分手，用這種八卦來炒熱氣氛。如今的正常是像新聞節目的主持人一般尖銳地丟出一己之正義，對方再像當紅搞笑藝人一樣的講話方式回答。

也就是說，「我們要保持閱讀習慣」這句話，並不是在說「我們要成爲一個了不起的正常人」。還不如說等同於「我們要成爲了不起的怪人」。只要試著講看看，就會發現這是「怪人的諫言」。

正常或說是常識這種說法，其實只是某人捏造出來的空想。所謂的「正常人」，事實上並不是一個人。所有的人，都跟別人抱持著不同的常識。

回顧歷史，當電視或報紙等有某種媒體擁有強大的力量能塑造世俗的正常時，與之相異的想法會變得被否定、打壓，不被接納。形成一股除了單一價值以外是不被允許的風潮。

在這樣的風氣下生活，便會變得恐懼「與眾不同」、打壓「有不同想法的人」。扼殺眞實的自我，以迎合所謂世俗的正常這種不知誰塑造出來的標準。

「迎合著、忍受著正常在生活的人」，對於「不忍受正常在生活的人」缺乏包容力，產生「跟我們不同的正常眞是不可原諒」的想法。終於演變成民族之間的對立、戰爭，這種無能爲力的狂瀾。

光只有「討厭戰爭」，是無法阻止戰爭的發生的。

因爲，「與我們不同的想法是不能容許的」這種想法，才是產生爭端的根源。

意識到這一點，開始活得擺脫由某人塑造出來的正常，如此人的個性才能開花、發展，成爲一個引導人們往至幸福的存在。

而，能教我們這件事的，也是書。

例如，名留青史的偉人們，也都是不被當時的正常所束縛的人。說起來，也是那個時代的「怪人」。

看到表現出偉人生命歷程的書，就能領悟到一個道理：「不怕自己與他人不同，持續實踐自己喜歡的事、想做的事、認爲好的事，這種勇氣多麼可貴」。

不論在哪個時代，一個人「與眾相同」，就能得知他「有多麼偏離人生的本質與眞理」。也能了解到「世俗的正常，也會因爲僅僅一個偉人的存在，而某天突然顚覆」。

了解這一點後，就能明白，與其迎合世俗的正常、削弱自己的精神去生活，不如「即使被整個世界認爲不正常，也要貫徹自己的信念來生活」才能感受到自己的生命意義。

也許如此說是有點極端，但是要貫徹自己的信念來生活，這樣才算在眞正的意義上稱得上成爲社會的一份子。

一個追求「與眾相同」的社會，其實也就等同拒絕接受「不同」的社會。

一個拼命迎合他人所塑造出來的正常的人，會無法接受不這麼作的人，亦即在正常以外的人，並且會打壓他們。「大家都在相同的正常下生活的社會」，就是「不能接受不同的社會」。

而有一份自覺知道自己是有點奇怪的人，這份自覺就會成爲接受與自己不同的人的基礎。

「即使被當成怪人也沒關係，被當成不算正常的人也沒關係，要爲世界上的幸福貢獻自己所能」。

抱持著這樣的信念，抱持著流離在世俗正常以外而活的勇氣，如此才能去理解與自己一樣抱持著與正常有不同想法的人。

閱讀，不是為了持有主流的觀感。
應該說，閱讀，是為了獲得「活出自我的勇氣」。
當上「怪人」的勇氣，
是開始活出自我的第一步。

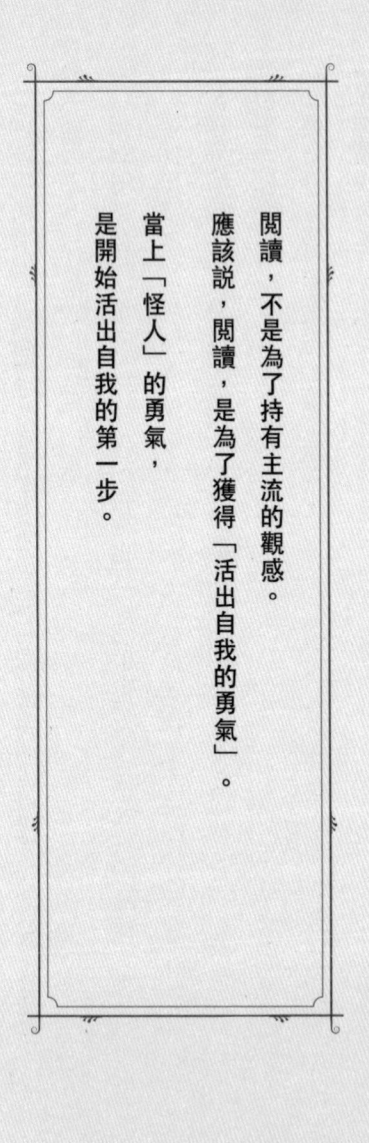

8 閱讀是一場想像力的冒險

有個字叫做「月」。從這個詞語所感受到的，會因爲對月的知識或經驗多寡而不同。

譬如在某個小說中，有個場景是主角帶著孩子購物，在回家路上看到月亮。

「眞美的半圓月啊。」

孩子這麼說。

若讀者有國中程度的理科知識，便會想像那是上弦月，指的是亮右半邊的月亮而非左半邊，還會在腦海裡描繪出來。甚至，還會想像大概是在南方的天空上看到的。也許還浮現出天體圖，俯瞰著地球、太陽與月亮呢。

或是，有物理知識的人，也許會想到主角與孩子所看到的月亮，是一秒前的光。

有古典知識的人，也許會想到上弦月是舊曆的初七左右，有感而發「以前是講初七啊……」遙想古人想像牽牛星乘著上弦月橫渡銀河[3]。對開發太空有興趣的人，也許會想到阿波羅11號是降落在亮著的哪個地方。女兒結婚離家之後的空巢期老夫婦，也許會想起女兒還小的時候一起作的月見團子……。

另一方面，也有什麼都想像不出來的人。

「所見相同，而所感卻大有不同」，這一點意味著在人生中「即使發生一樣的事，然而每個人的感想卻天差地別」。「學識淵博的自己」和「學識不淵博的自己」之間，簡直像是活在不一樣的世界裡。

如果要走在同樣稱爲人生的這條旅途上，與其將筆直空白的走廊當成目標持續往前邁進，不如漫步在知識森林中體會各種景色、風、溫暖或香氣，我想這才是幸福的人生。

享受小說的世界，也是跟經歷「只有自己才知道的世界」一樣，是很刺激的體驗。一部小說，若有十萬人看過，那麼那十萬人全部都在自己腦中創造出意象各自不同的世界，故事在其中展開，並當成自己的模擬經驗記憶起來。小說雖然能夠電影化，但是一個電影若有十萬人看過，則是全部的人看著一個創造出來的同一個影像世界。

世界上有形形色色的人，擁有一個「只有自己才去過的世界」，這樣的體驗，不覺得很貴重嗎？那個經驗將會成爲那個人的財產。同時，也應該會成爲個性的基礎。

看一本小說，就會給予讀者「跟擁有一個只有自己才去過的世界相同的貴重經驗」。累積這樣的經驗，想像力就會越來越豐富。看著小說，腦海中對於風景、人物的想像會越來越具體、越來越鮮明。

擁有許多只有自己才想像過的世界，這樣的人比起不是這樣的人，知道許多世界。如此這般，小說或能加深自然科學等的知識的書，都能豐富你的人生。

3日本的七夕傳說雖然源於中國，但牽牛星與織女星的相會並非是走過喜鵲橋，而是牽牛星乘著上弦月之船渡過銀河與織女相會。陰曆七月七日時恰好是上弦月，看起來像是船的樣子。雖然大伴家持有和歌提及喜鵲橋，但該和歌卻沒有被收錄進萬葉集。萬葉集中的和歌，是以上弦月代替喜鵲橋，而形成日本特有的七夕傳說。

人的一生，簡化來看就是「出生、成長、死亡」。

只有這一點是所有人類都相同的。不過，在這過程中所經歷到的經驗，每一個人都不同。所有的人，都過著「與別人不同的人生」。

那麼，要過有著怎樣經驗的人生呢？

有關於此，有分成自己可以選擇的部份以及自己不能選擇的部份。例如，你無法選擇自己要生在哪個時代、哪個國家、哪個地區、成爲誰的孩子。不過，生在如今這個時代，我們被賦與可自行選擇許多選項的人生。

從出生，到死亡。在這僅此一次的人生旅途，當然是盡可能體驗多一點事物、品味各種景色與感動比較好——我個人是這麼想的。

自己所了解的世界越廣越深，那麼即使見到同樣的事物，感受也會變得更廣更深。感受的範圍更寬廣，深度更深厚。這可以說是人生旅途上最大的樂趣。

閱讀能讓自己的世界更寬廣、更深厚。對於一件事情，能夠讓我們看到好幾個面相的世界，也是透過閱讀。

經由閱讀習慣而在人生上所起的變化，是非常戲劇性的。我個人很喜歡能讓人生產生戲劇性變化的書。當然，指的是好的變化。

人心如果轉變，世界竟能看起來如此美麗……屢屢發生讓人如此驚訝的事。這就是一本書所具有的力量。

對我而言，所謂的「好書」，就是在閱讀前與閱讀後，眼前的景色煥然一新、世界看起來更美麗、獲得新的價值觀、讓心靈更加堅強、發掘自己的可能性、見到嶄新的世界、對人變得更加溫和、告訴了自己人類的美好、提點自己至今尚未察覺到的幸福、讓自己對未來感到樂觀、教自己該將人生用於何處、讓自己內心充滿想作的事……好書就是類似這些書。

雖然難以一言以蔽之，不過，能夠讓自己比現在更堅強、更開朗、更美好、對未來更有希望……我喜歡能讓自己有這樣感覺的書。不論出版日是久遠或新近，也不論領域，當遇到這種書時是真的非常幸福。

遇到一本好書，讀了之後恍如生在一個與讀前不同的世界。世界本身並沒有變，但自己看世界的方法、角度以及自己的價值觀卻會有所改變。

我們的內心有著無限的寬廣。

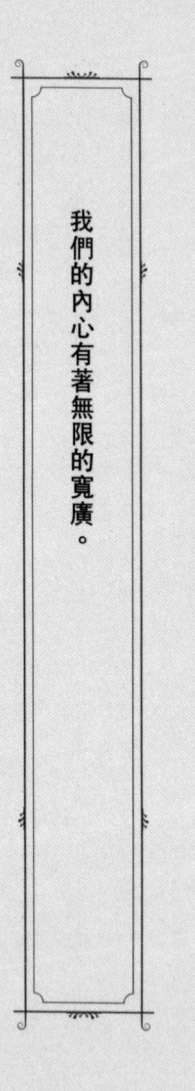

9 透過閱讀雕琢五感

現在這個世界，智慧手機、電子書等普及化，使得一次就可以將許多書帶著走。這已經是個「一輩子都看不完的書，都裝在這麼一個裝置裡！」的商品會賣得動的時代。不久，「世界上的所有書，都能從這個裝置閱覽」的時代快要來臨。

在這樣的時代背景下，閱讀許多紙本書，也許意味著落伍。考慮到紙本書需要存放空間以及攜帶不便性，可能會被認爲沒有效率。即使如此，**有許多事是只有紙本書才做得到的。**

請試試看，透過電子書以及紙本書兩種方式，來讀同一本書。你會發現，乍看之下內容完全一樣，但得到的體驗卻完全不同。

在氣氛很好的酒吧中，儀容整潔的調酒師端上的酒，裝在高級玻璃杯中，搭配清澈透明的冰塊，而你傾聽現場演奏一邊飲用。

同樣的酒，在未經整理的自己房間內，裝在紙杯裡，隔著牆壁聽隔壁鄰居放的音樂，在這樣的環境下飲用。兩者雖是同樣的酒，但美味程度會是同樣的嗎？

人類，是靠著五感生活的。

即便是像「品酒」這樣極端注重味覺的事，也是結合視覺、聽覺、觸覺、嗅覺等各種刺激的複合體驗。所以，即使飲用同樣的酒，若經由五感所得到的刺激不同，則美味的程度就會感到有所不同。

閱讀也是一樣，會在無意識中同時使用各種感官。

雖然會因爲文章的留白而使對書本的印象稍有改變，但就連留白也是每一本都不一樣。也會因爲行距、字體而使印象全然改觀。紙的觸感，也是那本書特有的刺激，這些都在無意識中被汲取進記憶。

而，不只書中的情節，我們也在無意識中藉由手中的書本厚度感受故事的起伏。

譬如，拿著二〇〇頁的輕薄文庫版，與拿著厚度達四吋的七〇〇頁笨重單行本，傳到手上的重量感受便不同。讀者的感受便完全不同。換作是電子書，傳到手上的重量、觸感等感覺都一樣沒有變化，因此便產生了這一點紙本書與電子書的差異。

翻閱紙本書讀著故事，會依據左右的重量來推估自己在整部故事的大概哪個部分。

剩餘頁數越來越少，當手上剩餘的量約是全部的十分之一時，我們會感到一種不同於故事最後高潮的興奮。我們會一邊由手接收到「就快要結束了」「差不多是尾聲了」這樣的暗示一邊閱讀。

如果是用電子書來閱讀，便無法直觀地去抓現在自己正讀到全體的哪個地方。

我希望你能一邊接收從五感而來的豐富感受，一邊閱讀書本。面對書，不是像看網路新聞那樣地看進文字資訊，而是像在酒吧品酒那樣的優質體驗。

這是因爲，一本書不僅僅是作者個人人生的集大成，也是編輯、出版社長久以來經驗的集大成。

沒有一本書是抱持著「這次的書就用比至今爲止出過的書稍微差一點的感覺去做吧」的態度去做出來的。

所有的書，都是所有有關的人們，綜合他們的經驗，死命地思考最適合閱讀的紙質、字體、留白、設計……集結而成的結晶。

不去細細品嚐一本書背後許多專業人士的堅持，只認爲「反正文字內容是一樣的」，這樣的閱讀方式實在是讓他人的心血付諸流水。

感受的方式不同，
平凡無奇的一天，
也會搖身一變為如夢似幻的一天。

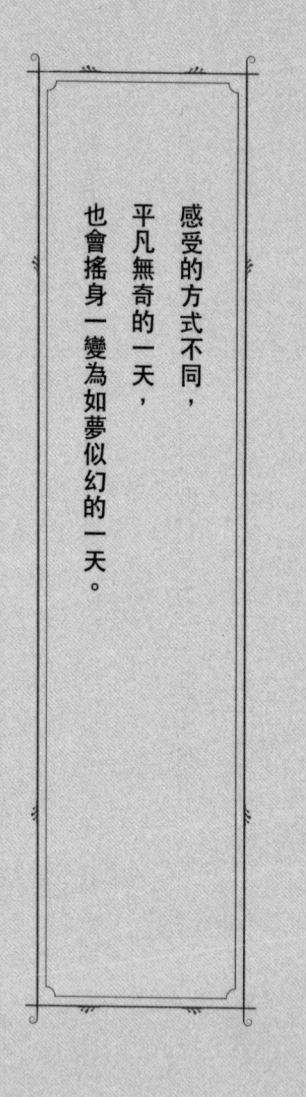

第四扇門——透過閱讀與「命中註定的人」相遇

10 爲你加油打氣的人就在書中等待著你

人生就像是鐘擺一樣，「幸與不幸」、「悲與喜」、「成功與挫敗」交替著來。沒有任何一個人的人生是只有「幸福」、「喜悅」、「成功」的。也不會有一個「鐘擺」只大幅擺向其中一邊。往右擺去，那麼也會以同樣的幅度往左擺去。左右的幅度基本上是一樣的。所有的人，都像鐘擺一樣，不斷重複著搖擺在兩個極端之間。

「希望能比現在還要幸福」這樣的希冀是人類自然不過的欲求。爲了實現它，就要自己提出夢想或目標。

每年都會舉行職棒選秀。當場被選上的選手，幾乎都會感到那是人生中最幸福的、洋溢著喜悅的、夢寐以求的瞬間吧。但是「鐘擺」也會擺向反邊。實際上，職棒生涯一開始之後，便是痛苦、悲傷、挫折的每一天，無從逃避。

擁有夢想或目標的人，會想著「若能達到夢想或目標就能得到幸福」，而努力去達成。

但是，不論你花了多少時間去達成，達成之後的人生多數會比達成之前的人生要長。人生的「鐘擺」搖來晃去。所以你會明白，光是只有達成一個夢想或目標，是無法讓整個一輩子都能一直幸福下去的。

能夠理解到人生就如同鐘擺，那麼就能覺悟痛苦會在一帆風順之時冷不防地出現。反之，即使在死蔭的谷底，也會走出來，不致失去活下去的力氣。就因爲太痛苦了，太難過了，這個覺悟會給自己想再多活一下看看的力量。

「鐘擺都這麼擺到這一邊了，那就是說再過不久，再忍耐一下就好……」對未來抱持著希望。

剛好鐘擺都擺到對自己有利的一邊的「人生勝利組」，也無須害怕鐘擺有一天會擺到極端的另一邊。與其徒然恐懼，不如將自己交託給即使走到谷底的那一邊也終會回到這一邊的人生眞理，如此方能將每一天都過得幸福才是。

這樣的智慧也是書所給的。

成功與挫折反覆輪迴，遇到描寫如此大起大落的人生的書，一股「就因為太痛

苦了，太難過了，所以才要再多活一點」的勇氣就會油然而生。能夠去相信「肯定，再不久。再過不久，就會變好」。

矗立在眼前的痛苦，是到目前爲止所遇過的最大的障礙。所以，當然地會害怕，會痛苦，會想逃離。但，在往後的人生所要跨越的障礙中，眼前的這個障礙不過是最小的。

例如，對九年級生而言，高中入學考試是他們到九年級爲止的人生中最大的障礙，但當眼前有著更困難的大學入學考試時，回頭一看，你應該還會想「當初那種小case，怎麼就那樣驚慌失措呢……」但是在大學入學考試之後，還有著連大學入學考試也顯得渺小的「將來」在等著。

雖說如此，但幾乎沒有人能夠想到「以將來的自己來看，現在這障礙根本不算什麼」。畢竟，現在的痛苦，是自己史上最大的障礙嘛。

不過，世界上的人如此之多。從自己的經驗來看是史上最大的障礙，但若學習了他人的經驗，就會知道有許多人跨越了這道障礙。更有甚者，挑戰並且成功跨越更大障礙的人大有人在。

周圍都是那樣的人的話，就能感到自己正要跨越的障礙有多麼渺小。已經跨越過更大障礙的人，會強力地推你一把「沒問題的，你可以跨越的」。

所以說，肯定是**盡可能遇到越多跨越了更大障礙的人越好**。與有經驗的人為伍，就能輕鬆跨越大多數的障礙。

有經驗的人，就在書中。

只要伸出手翻翻書，別連遇到那樣的人的力氣都吝惜，你現在就能立刻遇到他們。

許多為你加油打氣的人，
就在書中。

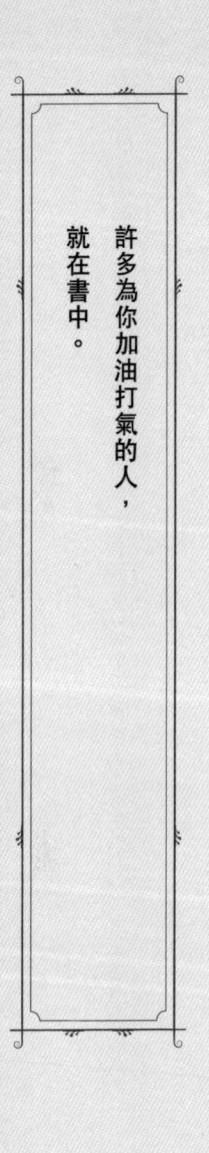

11 透過書而認識的主角，將給你活在世上的勇氣

閱讀傳記、歷史小說等的偉人傳，不只可以了解他們的成功法則，也能透過書本感到從內心湧出的能量。在書中，有著顛覆世俗常識的、將人人都說絕對不可能的事化為可能的人的故事。

而你會有一瞬間靈光乍現，發覺到所有的主角們，在他們各自的人生中，正是缺憾才成為優勢。

他們的人生，教我們「危機，逆境，才是培養一個人的肥料」、「時代的波瀾才能拉拔人到世界的巔峰」、「競爭者、必須打倒的敵人，他們的存在才讓自己活著、使自己成長」。

「痛楚方為往後幸福所需的原料」這也是所有偉人人生的共通點。

天生的缺憾、出乎預料的逆境、危機、快被時代的怒濤所吞沒、競爭者或商務

上的敵人出現、數不清的痛苦……。藉由多多接觸過去的偉人人生，能學到將人類一生中共通的所有困境，轉變爲幸福之源的方法。

你也會察覺到，你會不禁想「爲什麼老是我倒楣」的那些事，並非「只有自己」，而是世上所有人都煩惱著的問題。那問題不是只來擾亂自己，而是超越了時代，普遍地擾亂著所有人的人生。

「乍看之下束手無策的事，或許就是通往偉大成功的第一步」這是過去的偉人們在書中教我們的。我們學到「所領會的不同，人生也就什麼都有可能變成」。可沒有一位偉人，僅因最初拿到一手爛牌，便徹底放棄只此一次的人生這場遊戲。

我們既無法做出跟過去的偉人同樣的事，也沒有那麼做的必要。但是，我們能繼承偉人們的志向。那股驅策偉人們的力量，流進閱讀的人心中，成爲驅動閱讀過的人，他們的人生原動力。

身為讀者，我們能夠繼承書中偉人的志向，接收他們的力量。

如果能夠體認到「天生的缺憾正是人生中應加以活用的優勢」「人生中所遭遇

的危機和逆境，才是將自己這棵樹養成大樹的肥料」「每天面臨的痛苦，才是所有幸福的源頭」，那麼我們的人生將比現在還要美滿，我們的未來閃著耀眼的光芒。

身旁圍繞著幾本書是描寫著將「危機」視爲「轉機」的人的一生，那麼潛移默化之中，人心的堅強會由裡而外泉湧而出。

說不定你甚至還會頓足自己的人生欠缺了天生的缺憾、危機或逆境呢。

在書中與絲毫不因危機或逆境而退縮的主角相遇，當你強烈期許自己「我也想要像那樣！」的時候，你就繼承了那位主角的志向了。

能有許多感動的人生是好的，
若能作如此想，
痛苦或困難也非壞事。

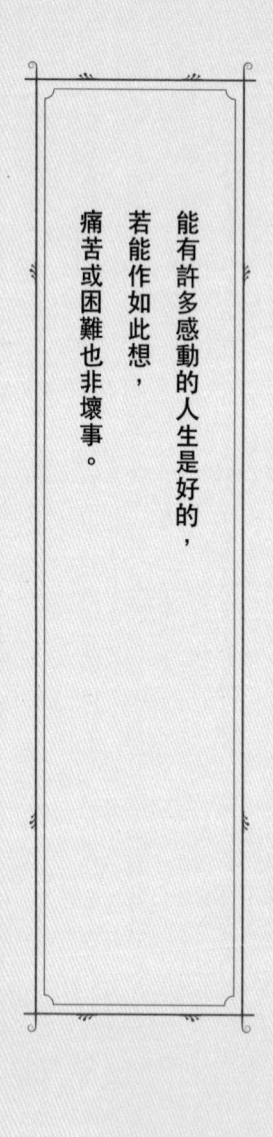

12 在書中與有志者相遇，就會想認眞地活

「我的人生即爲此而存在」。

「我就爲此而生」。

能夠在一生中找到自己會像這樣想的事物，那麼那個人的人生是幸福的。

因爲，這樣的人，他明白自己爲何出生在這個世界上、爲何現在還活著、今後的生命裡該做些什麼——。

雖說如此，「我是何許人也？我爲何而生？」要回答這個問題實在非常困難，也許窮盡一生也不明白。實際上，一個人再想破了頭也難以有個答案吧。

爲了「立定自己人生的目的」，亦即「立志」，有一個經驗勢必是不可或缺的。

那就是，曾對誰的人生「連靈魂都深受震撼」的經驗。

「我也想活得像那樣」、「我也想要那樣」——。

要立志，只有接觸讓你「心有所感的人」的人生，並與其產生共鳴。就像將一支音叉靠近響著的音叉一般，如果你有共鳴且靈魂深受震撼，那麼你的心裡就能擁有與那個人相同的力量。

不過，不是那麼輕易就能遇到那種能讓你靈魂深受震撼的擁有強烈意志的人。屈指算算至今有遇過幾個稱得上讓你「連靈魂都深受震撼的人」，恐怕有許多人是一個也沒遇過。

也就是說，在生命裡要遇到那樣子的人，機會是非常渺茫的。假設你已經遇到了讓你「連靈魂都深受震撼的人」，那麼或許你已經立定志向，並且爲了實現你的志向而開始揮灑你的人生了吧。

其實，你可以很輕易地在書中遇到那種讓你「連靈魂都深受震撼的人」。

自古便是如此。書中那些懷抱著志向的偉人們，他們也是觸及了當時書中「有志者的人生」，和我們一樣爲書中的偉人靈魂深受震撼，因而自己也選擇了有志的生命之道。

懷著志向而活的人，也會對所遇到的人的生命之道有著很大的影響。

「我也想要像那樣」這樣的憧憬，會成為驅動人們的強勁原動力。例如推崇本龍馬的人，即使不能在現在這個世上仿效龍馬所欲為之事，但能夠繼承他的志向。一直以來，書本發揮了大部分繼承志向的作用。我想這一點，從古至今都不會變。因此，不閱讀書本的社會，志向會逐漸荒廢消去。

人如其食。食物一改變，體型、體質、壽命及健康狀態也跟著改變。以此類推，記起來的話語改變，思考就會跟著改變。遇到的人改變，志向、生命目的也跟著改變。

「這樣活著眞帥呀」如果能遇見許多能讓你這麼想的人，那麼你就會漸漸明白自己想要如何使用自己的人生。明白靈魂也深受震撼的生命之道。

透過閱讀，向過去的「不正常人」們，亦即偉人們學習，那麼就會對於能完成自己使命的生命之道內心為之一震，期許自己也能像那樣吧。

如此一來，人生會變得比現在更加美好。也會變得能讓身邊的人幸福。也能獲得認同與自己不同價値觀的人的包容力。由此，你會成為締造和平世界的一員。

透過閱讀，對「偉人的生命之道」靈魂深受震撼的話，不要說一石二鳥了，還是四鳥甚至五鳥呢。

只參考身邊有限的例子，就決定了僅此一次的人生該怎麼過，這眞是太可惜了。**書中有著全世界、各時代的偉人們，他們的輝煌人生。**知曉了他們的人生，再決定自己的人生該用於何處，如此你的志向以及人生目標都會有極大的轉變。

「要將自己的生命用於何處呢」——。

經由閱讀，你的人生將從此拓展開來。

有憧憬，
才能夠認眞深入地思考自己的人生。

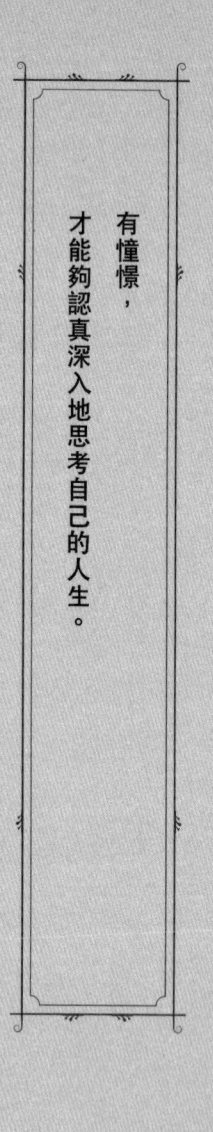

第五扇門——在書房琢磨「活下去的力量」

13 與書的相遇絕不會是徒勞無功

我們從小就被教育要「精明地活」。那還不是放諸四海皆準的精明，而是因時因地而異的狹隘的「精明」。這種孩提時代所教授的「精明」，成人之後卻有可能反而變成「愚蠢」。

現今大多數的人，將有效率地、不白費力氣地比他人更早獲得成功、財富或名望的能力視爲「精明」。

當這種想法變成理所當然，那麼當你埋首於被周遭的大人或社會的價值觀所認爲是「白費力氣」的事情裡，就會被評斷爲「不善用時間」，而這都與你本人的價值觀毫無關連。

對一個認眞地投入畫圖的孩子說「別作那種事了，去唸書」，這種場面正是如前面所述。

於是，孩子們會凝聚成一個想法「爲了達成目標，就要不將時間用在徒勞無功的事情上，這才是精明的生命之道」。孩子們會逐漸地養成一個觀念：在最短的時間內獲致最大的效果，這樣的人才叫精明。

但是，果眞如此？

假設我們立了一個「渡過大河到達對岸」的目標。如果考慮最有效率、能在最短時間內備齊必要物資的方案，那麼砍下一根原木橫跨在大河之上，以這樣的作業就能完成了。但是，這眞的稱得上是精明的方法嗎？

爲了比任何人都更早達到目標，的確是已經備齊了必備的物資。但是，要走這個獨木橋，每一步都是在搏命。萬一，一步走偏了的話……這樣的不安，隨著一步步往前走去而加深，沒有那份閒情逸致可以欣賞美景。

寬廣的橋面，加上欄杆，也考慮材質……這些一樣樣準備下來，造橋就要花上許多時間。備齊物資也要花上許多功夫。但是，一旦完成一座堅實的橋，就能左顧右盼也不擔心墜落。在到達「對岸」這個目標的路上，還可以邊走邊欣賞美景。不僅自己，後來的人也能安心走過這座橋，讓許許多多的人走向幸福快樂。

眞要論「精明」，是難以一言以蔽之的吧。但是我總覺得，並非只有盡其所能更早地、更精確無浪費地提出最大結果的能力，才是「精明」。

乍看之下無用的知識或經驗，也有可能是讓你人生路上走得安穩的必要要件。

向人推薦閱讀書本時，也經常遇到同樣的狀況。

「看了這本書，就會有好事發生嗎？」

「看了這本書，就不會有煩惱了嗎？」

總有人會問這樣的問題。即使不問，也有在心中作如此想的人吧。

這樣的人，是盤算著「沒好事的話就不看」「煩惱不會消失的話就不看」吧。但這也就是，「不想作沒必要的事」「不想作徒勞無功的事」這種想法根深蒂固在內心裡的證明。

只作必要之事的生命之道，其實是非常不穩定的生命之道。那樣活過來的人，並沒有發覺到自己的不穩定。說得更明白點，現在自己的不穩定，正是只準備最低必要物資的結果。

光以「是否現在立刻就能派上用場」、「有沒有能賺更多的方法」爲基準去選擇要看的書，並無法獲得超乎想像的效果，反而增加了對書本的不信任感。變得只是在累積不安而已。

不要只期待即效性，而是以琢磨內心作爲最高目的來選擇要看的書，就不會去想「看了這本會不會有什麼好事」之類的事。

讀過的書，不論是怎樣的書，只要有助於琢磨自己心靈的就是好書。

書的看家本領就是「琢磨內心」。

不是立即「產生效益」，或是比人更早「在某事上成功」。我想，也許的確是偶而有能夠那樣的書，但那不是書的看家本領。書的效果，是超級遲效性的。不只遲效性，還很難分析是哪本書對人生的哪個部分發生效用。

雖然難以分析，但是遇到一本好書的話，內心會確實地被琢磨。心靈經過琢磨之後，日常的用語、行爲、表情、態度等等都會有所改變。因爲這樣的變化，待人處事也會漸漸有所轉變。結果，人生路上會接二連三地發生美好的事。

你若琢磨內心，
在你周圍的所有，
將熠熠生輝。

14 了解的詞彙越多，思考也將更加深入

喜歡上閱讀書本後，就會想再去找更多的書來看。但是，人的一生中能閱讀的書本數量是有限的。

一個星期看一本書的人，一年就 52 本，20 年能夠看 1040 本。一天看一本書的人，一年可看 365 本，二十年下來是 7300 本。照這個速度下來，要看一萬本，要花到二十七年以上的時間。

另一方面，近年來在日本一年中出版的新書數目，據說在七萬本以上。光是在日本就有這樣的數字，放眼全球的話，出版出來的書就是無法想像的數量了。也就是說，在我們的一生中能閱讀的書本數目，不過是全體中的冰山一角罷了。

如此思考下來，便自然地會考慮「想要優先選擇能對自己人生有深遠影響的書」。

那麼，究竟應該從何種書開始閱讀才好呢？

我身爲一個作家，總是藉由著作或演講宣傳閱讀的重要。被問及「那麼您推薦何種書本呢？」是常有的事。

恕我直言，沒有一本書能夠推薦給所有的人的。

這是因爲，每一個人的閱讀能力都不一樣。

我想，以鋼琴或滑雪來比喻的話會易於理解。初學者會感興趣的主題，與熟練者會感興趣的主題，兩者等級有巨大的落差。可以說，閱讀也是一樣的。也許，對於還不習慣閱讀書本的人而言，難以對文人墨客的文學作品感到有趣；對於習慣了閱讀的人而言，並不覺得輕小說豐富有趣。**所感到有趣的書，是每一個人都不盡相同的。**

所以，對於「應該從何種書開始看起呢」這個問題，沒有一個共通的答案。基準應該是因人而異的。

書有著各式各樣的領域，在各自的領域裡又有著各式各樣的好，以及要學習的課題。

因此，首先就相信你的直覺去選書吧。持續下來，就能慢慢找出自己的方向。也會越來越有挑書的眼光。也會看到更多的內涵。也能感受到，這本書是爲了什麼目的而誕生的、爲了誰爲了什麼事而寫出的書。如此這般，你自然會漸漸找出現在的自己應該要看的書。

不過，平衡閱讀還是很重要的。

聽憑自己的喜好來選書，便很容易只偏重某一個領域。

不只看同個領域內的書，也看各種領域的各種觀點、各種知識的書，這樣的人，應該會有經歷過在人生的諸多場合下，被不同領域的觀點或知識救了一把的體驗。

也有只看商務書，持續實踐書中所載 know—how，卻得不到任何成果的經營者，卻因推理小說的主角所說過的一句話而得救。

比起只追逐著可見效益的閱讀，爲了感動而讀小說、爲了加深知識而讀專業書籍，這樣從結果來看反而還比較有用。

書本雖然是用語言來表現出來的，但是，語言主要有兩個功能。

第一個，是傳遞訊息的功能。若語言的功能僅止於此，那麼我們就會只靠著稀少的語彙過此一生。

要讓人生更加美好，重要的是語言的另一個功能。那就是，**語言是轉動思考的工具**。

但是，一個人所能知道的詞語數量有其極限。所以，不會有語言是能夠完全一對一地表達出人類所感受到的一切情感。

表達自己情感的詞語，只有「高興」跟「悲傷」兩個，這樣的人就只能將自己心中的情感分成這兩類其中之一。經過分類之後的情感也用於轉動自己的思考。本來應該用別的詞語表達的諸多情感，只用單一詞語表達的話，對於外來刺激的反應、思考的靈敏變化也會變少。

如果能使用的詞語少，那麼腦就無法對語言、聲音、味道、顏色、氣味、觸感等五感所感到的訊息做出適當的反應。也許你會覺得「有那麼極端的人嗎……」，但我覺得其實有很多這樣的人。

例如，年輕人中，也有只用「有哽」、「火大」兩個詞語過活的人。

這樣的人，不管是被人說了蠻橫不講理的事，或是因爲自己不夠努力導致結果不如預期，或是得知喜歡的人已心有所屬，都只用「火大」這個單一詞語來表達。本來應該要用不同的詞與來思考的情感，卻因爲詞窮而只能將複雜的意思塞進一個詞。這樣一來，即使是各自不同的情感或體驗，但卻全是相同的反應。

如果用不同的詞語去思考，對於各種情感或體驗，自己的反應也不會只有一種。但是，就因爲缺乏詞語這個轉動思考的工具，而使得行爲和態度變得與幾無語言能力的幼兒一般。對於自己分類到「火大」的所有情感，只反應出一個「發脾氣」。即使已經是個大人了，還是會有這樣的情況。

對於我們經由五感所接收到的刺激會如何反應，我想這與知道多少詞語不能說毫無關連。

在這層意義上，便不能斷言詩歌、小說之類是無益的。

多多接觸表達情感的詞語，我們越來越能對於人生中所遇到的事，更精細地轉動思考。然後，我們越來越能找出更恰當的對應之道，諸如該採取怎樣的態度、該做出怎樣的行爲等。能夠對於周圍的事物做出適當的反應與行動。在野生動物的世界中，只有優於做出適當反應者才能生存。在人類的社會，也是要能適當地反應，才能過得更好。

亦即，爲了活出自我，詞語是必要的。

了解越多詞語，增添人生的深度與韻味。

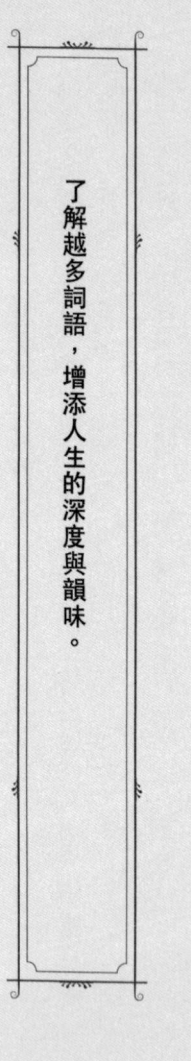

15 閱讀不是爲了自己，而是爲了珍愛的人

每一個人都與眾不同。你也跟另外一個人是不同的。照這樣的邏輯，那麼不管是誰都是奇怪的人，簡稱「怪人」。

教導我去了解與他人的「不同」的，也是閱讀。

如果說自己與其他任何人都不同的事實有個理由，那便是因爲「所有人都帶著各自的任務來到這個世上」。所以，只要能夠認知到「沒有完全相同的人」，那麼就不會硬要將他人塞到自己的想法框架之下，而能接受與自己「不同的人」。

這麼一想，那麼看來所謂的閱讀，與其說是「爲了自己」，還不如說是「爲了自己以外的人」……甚至會想到這裡。

如果只是爲了獨自一人過活，的確是即使不閱讀，有什麼不安或煩惱也可以應付著將就過一生。

但是，爲了要讓自己所愛的人幸福，知識的獲取量、看待事物的方法、比現今的自己有更廣更深的見識當然會更好——所以閱讀。

爲了讓仰慕自己、追隨自己的員工幸福，僅憑一己之經驗或想法來下決斷、領導整間公司多麼危險——所以閱讀。

爲了生在同一個時代的人們，秉持能包容異己的心，爲共創互相認同的幸福社會而閱讀。爲了下個世代的孩子們，想留下一個沒有戰爭的世界，所以閱讀……。

「哪那麼誇張……」

我彷彿能聽到這樣的心聲。不過，應該說，我甚至認爲「爲了自己以外的人閱讀」，才是閱讀本來的目的。

「我討厭書所以才不看咧」「書什麼的就算不看，我也有自信靠自己的想法變得幸福」「我的想法全部都是原創」也許乍聽之下會覺得很酷吧。但是，我認爲能夠說出「我不是爲了自己，是爲了妳才看的」「爲了孩子們的未來，我想要閱讀才能讓世界更美好」的人才酷。

人類就算不爲自己做出行動，但如果是爲了讓某人幸福就會做出行動，這種本能是千眞萬確的。

當大人要對不唸書的孩子說「去唸書」時，「我可是爲了你才這麼說的喔」「這不是爲了誰，是爲了你自己的將來啊，加油」這些都是大人的常用句。

但是，曾被說過的人或許能夠體會，人可不會因爲「爲了自己」這種懸在眼前的紅蘿蔔而行動。

其實，因爲不念書而困擾的，並不是自己。

自己會念書也好不會念書也好，多多少少都能過活，但是你會不會念書，對於「共同生活的人」而言就會產生很大的差別。

夫妻或父母，是「討厭努力的人」，亦或是「身先士卒努力的人」，會因爲這點差異而使共同生活的家人人生有極大的不同，這是無庸置疑的事實。

所以，「爲了將來會遇到的珍愛的人，努力念書吧。而且你要變成一個爲了守護珍愛的人而喜歡讀書的人」要被這麼說才會斷然激發出幹勁。那樣子的生命之道，才會凝聚成自己的幸福。

「自己正在做的事，會有助於別人」這樣的眞實感受，是其他事物難以取代的喜悅。說有許多人是將他們的人生用於獲得這種喜悅上也不爲過。

「想締造更美好的未來」。

我想，這是誰都會這麼希望的。

但是，不管是期待有誰來締造美好未來，還是悲觀地認爲反正世界不會改變，狀況都不可能好轉。

每個人都在自己的空間，做著自己辦得到的事，如此一來，才有可能締造出更美好的未來。

閱讀書本，是為了締造更美好的未來，就算只有一個人也能辦到的具體行動。

你是幸福的，
這件事就會使某個人幸福。

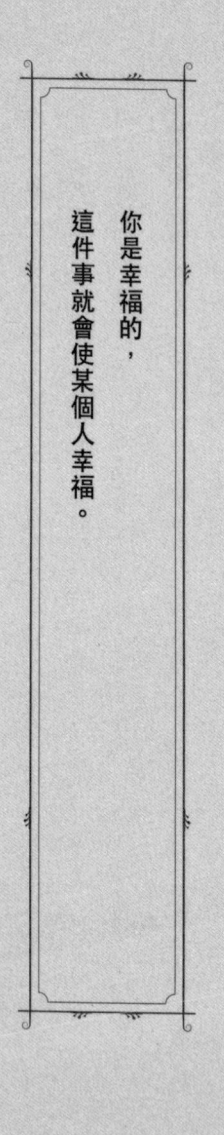

第六扇門——閱讀復興改變世界

16 發起閱讀復興運動吧

原本，所謂的學問，並不是爲了滿足私慾而存在的。

像是在日本的江戶時代，身爲侍奉主君或幕府的人，爲了鍛鍊自己的身心，爲了在平日就做好危急之時的心理準備，無時無刻都在做學問。換句話說，他們並不是「爲了自己」，而是「爲了世界、爲了人們」而成長爲目的來做學問的。

時光流逝，如今大家都理所當然地認爲做學問是「爲了自己」。我們活在這樣的常識之下。唸書也是，閱讀也是，幾乎都是「爲了進好學校，然後找到好公司」、「爲了從事穩定的職業」、「爲了滿足一己私慾」。他們也被雙親那樣耳提面命。雖然也有並非如此的人。

如你所知，這一百五十年來，閱讀的目的（或也可以說是做學問的目的）已起了極大的變化。從「爲了主公而閱讀」、「爲了琢磨內心而閱讀」，轉而變成了「爲了自己的幸福、爲了自己能獲得而閱讀」。

日本這個國家經歷了明治維新，而後戰敗。一八〇度反轉的兩件歷史大事。

尤其是，經歷了距今七十年前的戰敗之後，這個國家否定了所有傳統的價值觀，轉而走向完全相反的價値觀。

連自己的命都必須要爲主公捨棄的時代終結，轉變成誰都擁有追求自己幸福與利益的自由。爲了自己做學問，爲了自己閱讀，世間認爲這樣的想法是健全的。

而現在，做學問也好，唸書也好，上大學也好，閱讀也好，這一切都是「爲了自己的私慾」這樣的想法，深深地滲透了這個國家。「爲了世界爲了人們而活」這樣的教育，彷彿被當成某種危險思想一般，這是如今的普遍認知。

但是，現今的「爲了自己的將來而學習」這樣的普遍認知，當因爲某個契機而產生的巨大的變化時，也有可能會被全盤否定。我不禁想，日本人的民族性眞是會在普遍認知上有極端轉變。

不論何事，取得平衡是很重要的。

「所有努力都是爲了主公，而國民的人生全部都是爲了主公而存在」我們已經學到了教訓，這樣的想法過於極端。

同樣地，「所有的努力都是爲了自己的自私自利，而自己的人生全是爲自己而活」我認爲我們已然面臨一個時機點，必須反思這樣的想法也是一種極端。有必要重新認識過去「爲了主公而閱讀書本的時代」的好的部份。

也就是「閱讀復興」。

目的並不是100%完全回到江戶時代以及戰前的想法。當時，可閱讀到的書籍選擇是被限制住的。而且，還普遍地認爲「爲了一己之私而閱讀還眞不像話，眞是懦弱」有如此極端的普遍認知。

我們應該要著眼的，是那個年代透過閱讀琢磨出能做到捨身獻命的「精神上的強悍」，並將之內化的這個事實。

那內心的強悍，即使現代的我們只內化一部分，也應該能讓這個時代的人們活得更堅強、更自由、更對人寬容、更幸福。

對於第二次世界大戰之前的那個時代，只是因爲曾遭遇過失敗便盲目地全部捨棄，這反過來看其實也是陷入一種極端，並非朝著更美好的方向前進。

並不是說要完全回到過去那樣，而是從過去不偏頗不極端地挑揀出對如今的我們所必要的，如此才是掌握了向歷史借鏡的態度。

我認爲，**「閱讀復興」運動能讓我們使現今這個時代往更美好的方向走去。**

自古至今，社會中存在著學問的國家，有許多人爲了主公而鑽研學問的國家，我想是很少見的吧。也就因爲過去我們這個國家有著這樣的文化，所以「閱讀復興」運動才會成爲改變這個世界的原動力。我是這麼認爲的。

閱讀書本的目的、學習的目的，都是爲了增加自己的收入之類「可得利益」，以及爲了使自己幸福、解決煩惱之類的「滿足自私自利」，在這些都成了平常不過的普遍認知的今天，「爲了世間爲了人們」，然後「爲了所愛的人」而閱讀、學習。重新認識這件事的重要性，不極端地將之融進來——。

我認爲，藉由「爲了誰而閱讀」，才能實現眞正幸福的人生。

會發生嗎，奇蹟！

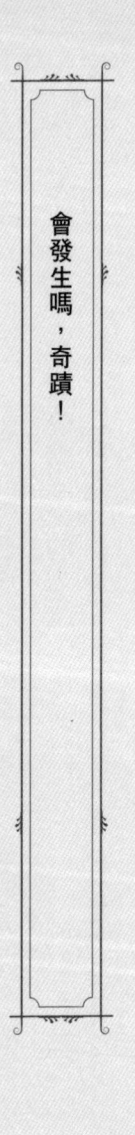

17 閱讀，具有改變未來的力量

上一代人留下來的，稱之爲「遺產」。

或許你曾想過，「要是老爸老媽有留遺產給我，說不定我的人生就會大不同了」。但是，到底要有怎樣的遺產，又要多少的遺產，我們才能夠變得幸福呢？

如果我們只看從雙親繼承而來的金錢或土地之類的有形財產，在這世上擁有龐大的遺產的人實際上只有一小部分人。但是，縱然繼承了鉅額的財富，若是我們所生活的社會，是環境受到的破壞嚴重到人無法居住、每天都因工作而愁容滿面、彷佛失去自由、犯罪橫行、貌似富有的人家遭受武裝集團攻擊、夜晚的商店被搶劫的消息時有所聞……的話呢？這不可能會讓人過上幸福美滿的人生。

但是實際上，也有人是生活在那樣子的地方。這麼想的話，就會明白我們接收的最大的遺產，不僅是有形的東西，也包括自然、自由、和平、文化、思想等「團著我們的所有事物」。換言之，這全部才是先人想留給我們的。

而生在這個國家，能夠接收世上絕無僅有的莫大遺產，這是千眞萬確的。

光是生在這個國家，就蒙受了在其他國家無以獲得的各種恩惠。

說日本是靠著「閱讀」打下發展的基礎，這一點也不爲過。據說明治維新時來到日本的外國人，對於日本的高識字率很是驚訝。

富士山、日本料理都登錄爲世界遺產，武士道、禪等在日本誕生的文化，現在也被全世界矚目著。

從那矚目與尊敬，我們可以明白，我們過著他國所稱羨的自由、和平又富裕的生活。這一切，正是因爲我們繼承了莫大的「遺產」。

我們接收了這份恩惠，活在現在。

我們所接收的「遺產」，並不是我們自己創造出來的。而是上個世代的人們創造出來的。但卻連想道謝也無法特定指出一個具體的對象。因爲，這遺產是生在這個國家、活在這個國家的所有人們共同創造出來的。

我們如今，在這份遺產上活著。領受著這份恩惠。

如果每位先人，幾千年來都抱持著「只爲一己之私」「只要自己快樂就好」的想法，可想而知那麼我們如今所得到的遺產就不是今天看到的樣子了。

當然，先人所留下的遺產中，也有負面的。即使如此，我認爲曾生在這個國家的所有先人們所留下的「遺產」，仍然是使他國羨慕到不行的莫大寶藏。

生在現今這個國家，意味著就得到了這份「遺產」。我們必不能忘卻這件事實，且要成爲一個懂得感謝的人。

所謂感謝自己所繼承的「遺產」，亦即感謝曾生在這個國家的所有先人。能夠感謝，才能夠成爲善於利用遺產的人。然後，才會能夠去想「接下來是我們要留給下一個世代更美好的東西」。這才是「愛國心」。

有句名言謂「給他魚吃不如教他釣魚」，這是任誰都能認同的。

我們應該要留給下個世代的「遺產」，我認爲不是物質上的、金錢上的、經濟發展之類的魚，而應該是曾孕育出這個國家的文化及精神的「內心應有的樣子」。

正因如此，所以我們才有必要要再次檢視學習及做學問的目的。

琢磨自己，不是「爲了一己之自私自利」，而是「爲了某個人的幸福」。爲此，只要一有時間，與其拿著智慧手機玩遊戲，還比較想要閱讀。只要多一位這樣的人，哪怕只有多一個人，我們能留給這個國家、這個世界的「遺產」，我想就會更加美好。

也許你會想「就算我改變了，也只有我一個，根本沒有用……」。但是，打從心底篤信「只要有一個人改變，這個國家的未來就會改變」的人，他的行動就會慢慢扭轉未來。

世間總將這樣的人稱爲「怪人」，但不論哪個時代，一直以來都是僅因一個志向遠大的怪人，便徹底改變了世間所謂的「普遍認知」。

這聽起來也許像是夢話。但事實上，我覺得這個世界上充滿著共同有想要留給下一代更美好「遺產」的人。

所以，如果你「自己也想要爲了下一代留下更美好的遺產」，那麼就不要去想「自己眞是無力」，一同來閱讀書本吧。

琢磨自己，不是「爲了一己之自私自利」，而是「爲了某個人的幸福」。一同開始這樣的閱讀吧。總有一天你會明白，**未來會因為一個人改變而巨大轉變。**

比起一個社會充滿著「不看書我也能活」的人，肯定是充滿「爲了這個孩子的未來，我希望自己是個看書的人」的社會，才是一個好的社會。

覺得那樣的社會很好的人，就會自己成爲看書的人。

我認爲，這是我們現在爲了留下美好「遺產」所能做的第一步。

了解收到的愛有多大，
就會湧現改變未來的勇氣。

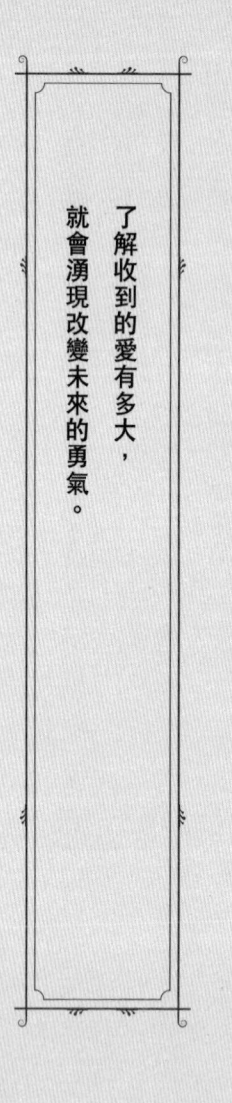

18 踏上擁有書房的人生

你是否已經開始想像有【書房】的生活了呢？

想要將人生過得燦爛輝煌。如果你爲此而感到【書房】是不可或缺的，那麼接下來就是邁出第一步了。

在訂定目標並開始起步的那個瞬間，就等於目標已經完成一半了。最重要的，是每個「當下」的眼下那一步。首先，就飛向眼前這一本書的世界去看看吧。然後盡情享受這開展開來的世界。

應該要設立的目標，並不是打造一間自豪有 1000 本藏書的圖書館。說到底，還是現下要找到一本改變自己人生與想法的書。

即使進入一個空間，是由你從沒看過的一萬本書所圍起來的，你也只會覺得那是個寂靜、昏暗又無聊的地方。與其那樣，不如有一本震撼你靈魂、改變你人生的書就放在眼前，還能穩定心靈。從那本書感到一股力量。浮現出許多想法，也會萌生重新尋找自己的生命之道的念頭。

有過一次遇到這種書的經驗，就會明白「**因為一本好書，自己的人生變得更加美好**」。

人生變得快樂得不得了。

所以還會想要接著繼續看下一本書。

如此這般每一天持續下去，不知不覺中，被自己所看過的 1000 本書圍繞的日子終將來臨。打造自己的圖書室作爲【心靈浴室】，這種事情是任何時候只要現在就投入眼前這本書的世界中就能完成的。別忘了，即使只有 10 本、20 本書，那也是富麗堂皇的【書房】。

一旦體驗過這個空間的功效，只要心靈一有病狀，別說是【心靈浴室】了，還會像是【心靈溫泉】一般，欲罷不能。

知曉書本蘊藏的樂趣以及力量，開始活用由閱讀而來的學問去走人生這條路，就會在不知不覺中打造出了一間【書房】——。一定會這樣的吧。

到那時候，你就會跟當初那個剛決定要開始與書爲伍時的自己，有著全然不同的志向、夢想與目標，是個「幸福的自己」吧。生活被許多美好的書所圍繞著，這是其他事物難以取代的——你應該會領略到這份喜悅。

這本書讀到這裡，就表示你喜歡閱讀。你非常了解閱讀的樂趣。

你的腦海中所描繪的【書房】，已經開始朝著完成在動工了。

走吧，我們去書店找下一本書吧。

那麼，請想像一下。

想像一下當你遇見一本給自己帶來嶄新可能性的書。

當你遇見一本讓你對未來看見希望之光的書。

當你遇見一本讓你了解自己生命目的的書。

當你遇見一本讓人生旅途更爲豐富的書。

然後，完成了一個空間，環繞著許多遇過的書。

只要踏出那一步，所有書背之後都有一個無限的世界延展開來。可以感到，那小巧的一個空間，如同一個廣袤無垠的宇宙……，而那就在自己的家裡面。

你所想像的「被改變自己人生的書本們圍繞著的生活」，是能夠創造出來的。

只要讀過這本書的你靈魂受到震撼，由衷期盼「我也想做！」的話。

書本具有改變人生之力。
書本具有改變世界之力。

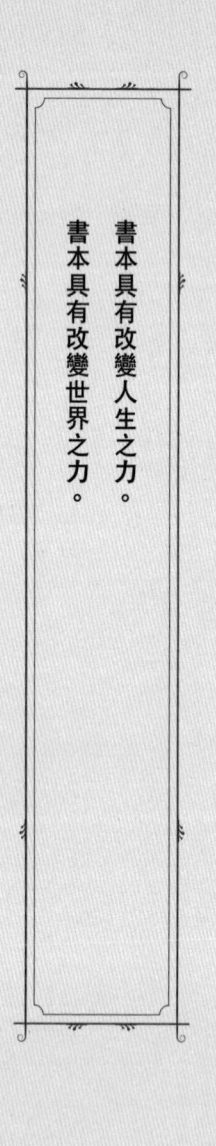

尾聲　最初的淚

——2055年4月5日

浩平站在大內朋子之後，等待會長室的門扉開啓。

「會長，聰榮製作研究所的前田先生來了。」大內通知後，聽到房間內傳出「請進」的聲音。

浩平與大內對看一眼，輕微地點個頭。

志賀泰三跟以前一樣動作地站起來，朝浩平這邊走來。

「啊，你坐。」

依然是那樣洪亮的聲音，光是聲音傳來就令人要跌個四腳朝天的壓迫感。

「謝謝您。」

浩平深深低下頭去，確認志賀在對面的沙發上坐定之後，自己才坐下。

「繼前些日子之後，承蒙您撥冗會面，眞是非常感謝。」

浩平再度低頭。

「硬梆梆的招呼就免了吧。話說，你明白了吧？」

浩平直視著志賀的雙眼。

「是的，我明白了。」

「喔～」

志賀聽出了浩平內在的變化，表情趨緩下來。

「你明白了什麼，可以說給我聽聽看嗎。」

「我明白了我眞是個無可救藥的笨蛋。」

志賀本來直視著浩平的雙眼，聽完這話，不能自己地大笑出來。

「原來如此，的確是這樣的吧。」

「比自己小了二十年有的部下，給了我好好活在這世上的勇氣，也拯救了我的人生。這也是志賀會長給我的契機。眞的萬分感謝。」

志賀滿足似地頷首點頭。

「因爲我有發現到，能消除那個男人的痛苦的，就只有你了。」

「是。」

「人啊，是互相關連影響著存活著的。只要是這樣，那麼就不能將自己的人生與他人的人生分開來看。也有其他人的人生，是要你負起自己的責任去讓他變得幸福，他才能得救的。」

「您說的那些事情，我過去都不曾想過。我只想著自己多麼倒楣，多麼沒福氣之類的事，甚至滿腦子認爲自己很不幸。結果，其實我只考慮到自己而已。卻又老是逃避自己責任之內應爲之事。即使如此……幸好有發覺到了。雖然已經是這把年紀了。」

浩平用左手摸摸自己那摻著些許白髮的頭。

「哪兒的話，沒有什麼太遲了這種事。未來還很長，從現在開始改變人生就可以了。」

志賀站起身來。

「還有一個人……你應該要感謝的，還有一個人才對吧？」

說著，志賀將手搭在浩平肩上。

浩平抬頭望向志賀。但逆著天花板的燈光，看不清他的臉。

即便如此，看著那模糊的輪廓，浩平還是倒抽了一口氣。

「會長——您……」

志賀往會長椅的後方走去，看著窗外的景色。公園裡盛開的櫻花映著一望無際的晴空。不知不覺，時序已是春天了。

「我第一次見到你的時候，眞的是嚇了一大跳啊。雖然一直從加藤那邊聽到前田這個姓，但沒想到眞的是你啊，小浩。」

「小……浩……？」

浩平盯著志賀的身影。

「你啊，跟年輕時的那傢伙還眞像。簡直是同一個模子印出來的。你第一次來這邊的時候，我還以爲是當年的那傢伙來見我了，著實受了不小的衝擊。但是，你卻說那傢伙已經過世了。」

「這麼說，志賀會長是我父親認識的人嗎……」

志賀緩緩點頭。

「那傢伙離開大學醫院，跑去鄉下自行開業之後，我不知道去了幾次想說服他回來。那時候我認爲，眞的應該坐上這把椅子的，不是我，而是那傢伙。我現在還是這樣想的。」

志賀溫柔地撫摸會長椅的椅背。

「小浩，你長大了啊。」

浩平確信，那夢中出現的大人，正是志賀。在老家跟母親一起看的照片中，有些是穿著白袍的父親與幾位年輕醫師的合照。志賀是否也在那之中呢？

「也許，這一切都是那傢伙想出的一齣戲吧。」

「父親所想出的……一齣戲……嗎？」

浩平看看自己的公事包。裡面放著父親遺留給他的那本書，昨天才剛看完。

雅彥很想將自己一生中所學到的寶貴事情都傳給浩平吧。但是，浩平卻一次也不肯接受。雅彥越是想好好傳授，浩平越是察覺到某種蛛絲馬跡，頑固地拒絕。這一點，浩平自己最清楚不過了。

不過，雅彥去世，留下未解的「書房之鑰」這一謎題，結果還是把書給讀了。

加藤之所以會成爲今天的加藤，也是拜雅彥所送的這本書之賜，輾轉之間，浩平也終於發現了重要的事。結果，雅彥想傳授的，還是傳給了浩平。而如今，浩平就在父親過去的同事，志賀的面前。

浩平微微一笑。

「就算是我父親，恐怕也無法算到這一步吧。」

「唉，也許吧。」

志賀聳聳肩笑著說。

「我給你看一樣好東西吧。」

志賀用眼神敦促著。浩平站起來，跟著志賀。會長室的入口正對面，還有一扇門。兩人站在門前。

「你可知道，這扇門後有什麼？」

志賀對浩平投以笑容。

「知道。是無限廣袤的宇宙，對吧。」

浩平也回以笑容。

志賀點過頭便開了門。雙開門之後，是整面嵌入式的書櫃，書本陳列其上。

「這可是受了你父親的影響呢。」

說著，志賀微笑起來。

「託他的福，我也過了美好的一生呢。我跟加藤，剛開始是因爲這個話題才聊開的。因爲他說啊，他也是遇見了某一本書，才開始打造書房，也因此而讓人生有了轉變的。」

「那一本書，是起因於我父親要給我的。我沒有看，母親就送給他了。」

志賀瞪大了雙眼。貌似沒有從加藤那邊聽到這個細節。

「那傢伙，也沒想到事情會變成這樣吧。」

志賀深深點頭，坐進書房正中央的單人沙發。

「這裡眞棒。就因爲有這個地方，我才能心無旁騖、專心致志到現在。我眞的很感謝你的父親。讓我擁有這樣子的人生的，是你的父親。」

浩平搖頭。

「我認爲不是這樣的。這還是要會長您自己選擇這樣的人生。就像我父親也一直想要給我同樣的東西，但因爲我一次都不肯接受，才會是您看到的我今天這個樣子。我們一路上總是被給予。但自己選擇接受是最重要的。」

浩平一邊說著，一邊想起同樣接受雅彥所給而一路走來的齊藤洋子、加藤健之助的容顏。過去那不肯接受的自己眞是愚蠢。

浩平帶點自嘲似地微笑。

志賀原本坐在沙發上閉著雙眼，卻突然深吸了一大口氣，猛然站了起來。

「好啦，我們來簽約吧。」

「關於這件事，很抱歉要給您添麻煩了，我想還是讓加藤來簽，所以能不能請您將契約書交給加藤呢？」

「你想這樣做的話，我是可以啦……」

志賀帶著笑容回答。

「請務必。因爲那傢伙是我重要的右手……」

要離開志賀的書房時，浩平發現牆壁書櫃的一角有一塊空缺。

「會長，這裡是……？」

「啊，那裡呀。我原本是在收集這系列的書啦。」

志賀指著排在旁邊的書。

「但只能找到數位版的耶。唉，畢竟這時代很少有收集紙本書的人嘛。想說哪天找到的話，所以就先空著了。」

「這樣啊……」

浩平怔怔地看著那塊空缺，又想起了一件應該要問志賀的事。他雙眼圓睜，

「會長，可以再請教您一件事嗎？」

「什麼事？」

「我父親有沒有託您保管什麼東西呢？」

「你說什麼東西……是什麼東西？」

志賀興味盎然地望著浩平的臉。

「不是啦，那個……老實說，是父親書房的鑰匙。」

「喔～」

志賀的表情，像是一個發現了趣味解謎遊戲的男孩。

浩平本來想用苦笑矇混過去，但結果還是將雅彥的遺言全招了。

「您找我嗎？」

浩平從敞開的部長室入口，往裡面朝著井上問道。

「啊啊，前一陣子辛苦你了。加藤那邊也傳來報告，說跟東都大學醫院簽了契約，圓滿達成任務。」

「謝謝您。這都是加藤的功勞。也請部長您親自跟他說一聲。」

「嗯，我知道。還有，你能不能幫我看看這個？」

說著，有一段話放映在部長室內會議用的大螢幕上。

「志賀會長傳訊息給我致謝，但他寫『我眞是對前田那出乎意料的禮物感到驚喜，這把年紀了還對之歡欣雀躍。』你是送了什麼東西給志賀會長？」

浩平微笑著。

「會長一直在找的書。」

「書？」

「是的。雖然電子書要多少有多少，但他好像只有那本書想要紙本的，所以爲了哪天會找到那本書，特地空出書房的書櫃一角。」

「那麼稀有的書，眞虧你找得到啊。」

井上佩服地說。

「只是剛好，有認識的人有那本書。」

「眞想不到你竟然有認識那樣的人啊。」

「是呀。我自己也很驚訝。」

浩平苦笑著。

「老實說，這也是很偶然的，我跟志賀會長在找的那本書的出版社前董事有過一面之緣。我跟那位董事說了這件事之後，因爲他有這本書，便拜託他看他能不能給我。」

浩平想起大原那又興奮又開心的聲音。

——「跟我說那麼令人開心的事情的人，我有多少都會全給喔。」

自己精心製作出的書被如此稱讚，這句話洋溢著喜悅。

「好啦，不管怎麼說，這可是我們公司有史以來的大成功啊。你身爲這份契約的負責人功不可沒。」

浩平搖頭。

「我也跟志賀會長說過，這次眞的不是我的功勞。這全都是加藤一個人打下的。」

「即使你這麼說，上頭認爲你身爲上司，還是有你的功勞在裡面。」

井上的右手食指往上指了指。其實，這層樓的樓上是社長室。

「所以說呢……。評估過這次的功績，董事會上有討論過是否要將你調到研究開發部去的議題。」

「將我……調到研究開發部嗎……」

「嗯，我也跟他們說，如果眞調到研究開發部的話，我想他本人也會很高興的。」

井上浮現了滿面的笑容，看著浩平。等待浩平的回應。

浩平盯著身體旁垂下來的右手好一會，才抬起頭來。

「謝謝您。您的好意我眞的非常感激，不過，可能的話，我想再在業務部做一陣子。」

「你，該不會以爲你這樣的右手無法勝任研究開發的職務吧……」

浩平平靜地搖搖頭。

「不是的。我的右手的確是不方便，不過我很有把握能做好研究開發的工作。想在業務部多做一陣子，不是因爲右手，而應該說是我不想再逃避業務這個工作，想認眞做看看之類的吧……」

呆住的井上，表情逐漸趨緩下來。

「原來如此，你終於下定決心了啊。」

「關於這件事，眞的非常對不起。」

浩平垂下頭去。

「我……曾經對自己沒有自信。明明就任了研究職位，卻在進公司後馬上遭逢倒楣的車禍，慣用手失去自由，被調到不擅長的業務單位……。我曾經一直認爲，都是因爲那場車禍，才害我失去活躍的舞台，再也沒有比我更倒楣的人了。這輩子這麼不順，我都怪罪於那場車禍、這隻右手和業務工作。滿腦子深信自己沒有不好，老是逃避。但是，我錯了。」

「喔喔～」

井上贊許似地瞇起雙眼。

「不是因為車禍，也不是右手，也不是我原本深信天生不適合業務。而是我終於發現，是內心懦弱的自己總是馬上就逃避進那些事情中。這，是加藤教我的。」

「所以，你才想繼續做業務……？」

「從我開始認為是自己的問題之後，我就漸漸覺得，說不定業務上也可以鑽研出只有自己能辦到的作法。當然，對現在的我而言，研究開發職是我夢寐以求的。不過，這二十年來在業務部都沒能留下什麼成果，這樣的我，到底還能做什麼呢？

人生的齒輪只要稍有個差池就只會逃避的男人，不管做什麼都不會有太大的不同。所以，我想要認真去做業務這個工作。

我現在的想法已經轉變為，希望自己認真面對業務這個工作，遇到的所有事情都用以磨練自己。

以加藤爲代表的那些才華洋溢的年輕人，跟他們比起來，或許我很沒有用，但是我想要不再逃避，試著認眞在自己現在的崗位上一邊掙扎一邊戰鬥。既然要做，就要把目標放在日本首屈一指的業務上……。

這樣持續下去，或許總有一天，自己的內在中會萌生出一股自信，即使人生的齒輪有差池也能背起自己的責任去克服的自信。我想，直到那時候，再請您容許我提出異動請求。

如果就照這樣下去，我恐怕會變成業務也罷研究人員也罷，都不上不下。」

井上放開了原本抱胸的雙手，讓浩平坐到房間正中央的接待椅上，而他自己則坐在對面。

井上大大地深呼吸了一口氣，給了浩平一個微笑。

「前田，你終於覺醒了啊。」

「您說什麼？」

浩平被褒獎感到害臊，於是便搔了搔頭。

「我一直在等待這一天。」

「直到現在，我都是眞的很糟糕的公司員工。花了這麼長的時間才走到這一步，眞是對不起。」

井上搖頭。

「不，花時間這事倒沒什麼問題。那不是你的問題，而是我的問題。」

「部長的……問題嗎？」

「嗯。」

語畢，井上將一張相片放到茶几上。

「這、這是……」

浩平不假思索地拿起了那張相片。

那張老相片中，是父親雅彥、年輕時的井上，以及志賀。

浩平對這張相片有印象。在老家時母親拿出的平板中，的確有同樣的這張相片。

那時候以親戚的照片爲主在搜尋，所以不太留意這張相片，刷地就滑過去了。不過仔細看，雖然那人很年輕，但確實看得出來是井上。

「這是怎麼回事呢？」

浩平提高了音量。

「我受到你父親很多幫助。」

「我父親……？」

「嗯，是的。我剛進這間公司還不久的時候，其實當時東都大學醫院中有一部分的住院用病床是我們公司的產品。那陣子正値公司傾盡全力企圖提高病床的佔有率以及希望採納我們的醫療機器。不過，那時候的業務承辦人被其他公司挖角走了。作爲業務承辦人被拔擢起來的人，就是我。

不過，就在業務承辦人變成我的那一年，東都大學醫院全面改用被挖角的那男人現任公司的產品，我們公司與東都大學醫院的聯繫就漸漸沒了。

似乎是當時的理事長從別的公司收受了可觀的謝禮，但那或許只不過是傳言。

不論如何，慢慢擴大與東都大學醫院的聯繫管道是首要目標。

我感到了這份責任，於是便打算辭職。當時公司內，誰都不開口談這件事，但卻形成了一股氣氛，彷彿要推出一個人當壞人，事情才會落幕一樣。

我漸漸無法忍受『你辭職的話就能好好善後了。』這樣的氣氛，不只辭職，我甚至還考慮結束自己的性命，精神上徹底崩潰。

當時有受到志賀先生的照顧，於是便去拜訪他，打聲辭職的招呼。他當時在東都大學醫院中是年輕一輩之中的希望。

志賀先生對理事長以一己之見就變更簽約的公司憤憤不平，對我低下頭去說『事情變成這樣，眞的很對不起』。

而他說，因爲自己的立場，無法翻案大學醫院的決定，不過爲了贖罪，想說多少幫忙一點也好，於是便把你父親介紹給我了。」

「竟然還有過那樣的事啊……」

「你父親，前田先生讓自己的醫院都用我們公司的產品。」

浩平想起，父親的醫院的確是都採用浩平公司的產品。

「不僅如此，前田先生也介紹給我許多跟他有聯繫的小醫院醫師。最後，我才能因爲跟許多小醫院簽約，達成跟一間大醫院簽約同等的利益。如此這般，我才能在這間公司打下一席之地。

對公司而言，這也成了改變業務方針的轉機。公司終於發現到，假設是同樣的利益，比起一個大客戶，跟許多小客戶聯繫還可以分攤風險和經費，於是便從大醫院轉爲與小醫院建立親暱的關係。長久下來這間公司才逐漸壯大的。」

井上站起身來，走近自己的辦公桌，打開抽屜，從中取出一個信封。浩平看著他拿著信封回到自己這邊的樣子，驀地靈光一閃出現了以前從未曾想過的事。

「部長……我……我現在終於明白了。我遇到車禍，不是被研究開發部當成『不需要的傢伙』嗎？然後，是井上部長把我給撿回來的……不，不只這樣，就業博覽會時也給了我方便，幫我遊說我志願的研究開發部對吧。就因爲有您幫我遊說，所以才只有這間公司真的是順順利利地讓我拿到內定的，不是嗎？」

井上只是默默地聽著，不發一語。

「而這二十年來，沒什麼業績、老是在精神上無法從車禍那件事重新站起的我，部長都一直袒護著我，把我放在身邊。沒錯吧？」

浩平的聲音變大，像是在質問一般。

井上彷彿要安撫浩平一樣地浮現出溫柔的笑容，特意小聲地輕輕說著。

「那些事情就隨你想像吧。我只能說，因爲你父親的幫助才有我的人生。而我想報恩，抱持著想報恩的想法活到現在，這是肯定的。」

「您將那份報恩……報在我身上？」

「當然不只是你。我打算如此對待任何人的。確實，如果我能像當時你父親對我的那樣，給你一個轉機，讓你從人生中遭逢的痛苦中再次站起來的話，我就能對自己的人生感到自豪。」

「別說轉機了，部長一直相信、一直守護著如此沒用的我……我對之……我……」

浩平驚訝不已，居然在這裡也有人因爲自己的緣故而無法感受到幸福。而自己竟對此毫無知覺，眞是後悔，不禁流下淚來。

「不是只有你。大家都是那樣抱著自己的後悔活著的。

儘管自己的幸福會造就許多人的幸福，但卻只想著自己怎麼那麼倒楣、自己怎麼那麼不幸，只想著自己的事，活得連他人變幸福的機會都把它奪走了。

我曾經也是那樣。所以不要那麼責怪自己。

然後，還有一位你必須要見一面的人。那個人比我或加藤，還要更期待你幸福的那一天。」

說著，井上將拿在手上的信封放到桌子上，遞到浩平面前。

「這是什麼……」

浩平來來回回地看看井上，又看看桌上的信封。

「你開了就知道。」

浩平怯怯地伸出了手，拿起那個信封。

浩平用不著去確認內容物，光憑觸感就知道裡面裝著什麼。

不過還是應該確認，便拆開了它。

信封裡面出來的，是一把鑰匙。

「你所尋找的東西。」

「這麼說，『適當之人』就是部長了嗎？」

「是你父親所託的。他說『我希望，當你覺得以我的死爲契機，我兒子成爲了一個有著覺悟重新檢視自己人生、接受所有發生在自己身上的事的男人後，將這個交給他。』於是就送來我這邊的東西。

只能堅信守候著你哪天能夠變得幸福，這種痛苦，你父親是最深刻的吧。然而，很遺憾地……」

井上不把這句話說完。

「正因如此，前田。你的人生要過得比任何人都幸福。你要獲得超越你父親所想的幸福。你的那條生命之道，總有一天會拯救下個世代的某人吧。讓那些人幸福，就是你的報恩了。我是這麼想的。」

浩平淚流不已，不斷對井上所說的點頭再點頭。

——2056年4月29日

浩平站在父親的書房前。

左手緊握著書房的鑰匙，右手抱著「書房的諫言」，那本書已成爲這一年來浩平的新人生的出發點。

手上的這一本，不是雅彥葬禮之後浩平自行帶走的在離屋的那一本。而是二十年前放在病房、後來母親久繪交給加藤的那一本。

浩平拿自己的交換了加藤的那一本。

這也是因爲，從加藤那邊聽來的，才知道原來放在浩平病房的那一本的封面內頁，寫著父親寫給浩平的訊息。

那時候浩平對父親給的書漠不關心到這種程度，連這種地方都沒發現到。不，說浩平是刻意無視的或許還比較貼切。

那一頁寫著：

慶賀你邁向第二部分的人生。祈願你有美好的人生。

父親的筆跡，如今看來格外令人懷念。

就業與車禍是同個時期，所以當時一股腦地認定那只是爲了打發住院生活的無聊罷了，但現在看到這段文字，才知道這其實是爲了祝賀他就業而準備的禮物。

這一年來，浩平熱衷於閱讀。

起因於父親葬禮的書房鑰匙探尋之旅，只消一個月就已經解決，但不知爲何，總覺得不應該立即使用那把鑰匙，因而打定主意這一年內要盡可能讀多一點書。

找加藤、志賀會長及井上部長他們聊聊，順便談及此事後，這三位都介紹了許多有意思的書籍。而他們所介紹的那些書，都讓浩平有所成長。

因爲看了許許多多的書，他有預感人生即將要發生轉變，而實際上目前雖然只有一點點，但他的人生已經開始轉變了。

他變得每天都這樣子過，彷彿之前的人生都是夢一般，成了閱讀樂趣的俘虜。通勤時、回家後，只要一有空就投入書本的世界，那個世界所給自己人生帶來的恩典實在奇妙到無以言喻。

在電車中用智慧眼鏡玩遊戲消磨時間的浩平已經不復存在。取而代之的，是在電車中看見沉迷遊戲的人，還會想多管閒事地向他訴說書本的好處，說要是他也能來這邊的世界那多好啊！如此的跟之前完全不同的另一個極端。

結果，這一年下來，浩平閱讀過的書已經超過一〇〇本，他將那些紙本書陳列在自己的書房內。

那個空間，的確是成爲了「心靈淋浴間」，洗去每天生活下來沾在身上帶回來的「心靈汙垢」。一天將結束之前，光是被自己看過的一〇〇本書圍繞著，就能修正自己的價值觀。如今這個地方對浩平而言，是不可或缺的最舒適的地方。

浩平站在雅彥的書房前，大口深呼吸了一口氣。

他回想著門後的世界，孩提時代只見過數次的父親書房的景物，依稀朦朧。

下定決心，將鑰匙插進鑰匙孔。

心跳加速。

轉動鑰匙，聽到沈重的喀擦一聲，鑰匙開了。浩平緩緩地推開門。

離屋原本是小巧的兩層樓建築，爲了書房而作過改建，從客餐廳經過一道雙推門連接進來的書房，是一個舒適、寬敞的挑高空間。

直達天花板的高聳壁面上全都放著書，巨大的吊扇從天花板垂掛下來。爲了拿取高處的書，而將走廊建成ㄇ字型，父親都稱呼那邊爲二樓，不過坐在這個房間的中央也可以眺望二樓的書。

眞的是非常氣派的圖書館。

對還是小孩子的浩平而言，這裡有點暗、又太安靜，就只是個無聊的地方。

儘管這個地方跟當時沒有改變，但現在的浩平已經能夠感受到每一本每一本書，都蘊涵著一個無限的世界。

而那，竟然有如此之多……。這肯定，有一萬本吧……。壓倒性的重壓，朝著站在房間正中央的浩平排山倒海而來。

壁面之後隱藏著無限寬廣的宇宙，而自己彷彿正處在那宇宙的正中央，這莊嚴的氛圍，讓浩平忘了呼吸，靜靜地環視周遭。

對父親雅彥而言，這裡正是他的聖域吧。

埋沒在幾乎都沒有看過的書裡，浩平便感受到如此的力量。那麼，將這些都看完的雅彥，肯定曾在這裡感受到浩平現在還感受不到的力量。

浩平發現了一本這一年內有看過的書。

像進行一個神聖的儀式般，他一步步靠近那本書，接著伸出了手。用紙做成的那本書，彷彿還依稀殘留著父親觸摸過的餘溫。浩平愛惜地用兩隻手托著，翻開內頁看看。

在這裡的所有書，一路上建構了雅彥的人生、並守護著、支持著他吧。思念及此，眼眶便熱了起來。

那感覺好像，每一本書遺留的手痕、髒污、褶痕以及咖啡漬，都存著當時正在看著該處的雅彥的所思所想、煩惱、痛苦、感動或喜悅。浩平直到最近才終於明白，被這樣的東西所圍繞的人生有多麼美好。

父親意欲留給自己的龐大遺產，便是這落伍的書房。雖然是大量的又沒效率的紙本書，但在這之上的「閱讀書本的習慣」，才是雅彥想留給自己的最大的遺產。浩平打從心裡想全身接受這雅彥留下來的書房的氛圍。

想關在書房裡而要去關門時，才發現門的內側貼著一張紙。那上面是雅彥的字跡，寫著：

書本具有改變世界之力

如此深信的我，滿懷著愛贈與給你……

只有進到書房、關上房門的人才能看到，這不用懷疑一定是給浩平的雅彥最後的訊息。

浩平撫摸著那張紙。感受那巨大的父愛，流下淚來。

奪框而出的淚水無休無止，浩平終於情緒決堤，當場蜷蹲下來，放聲大哭。

那是父親死後，浩平思念父愛而流的，最初的淚。

後記——種下對未來的希望種子

一九八九年大熱映的電影「回到未來續集」(Back to the Future Part II)，主角馬蒂穿越時空，到了從一九八五年起算的三十年後的世界。他到的世界是二〇一五年。沒錯，就是今年。

試著比較看看電影中所描繪的未來，以及現實的二〇一五年，會發現有意外地如出一轍的事物，也有當初想像不到的變化。

不論何者，當我看到電影中的未來是汽車、滑板在空中飛行，衣服有自動乾燥功能後，那時我所想像的未來，與實際上的二〇一五年有著很大的差距。

這次這部作品『書房之鑰』，則描繪了二〇五五年，亦即距今四十年後的世界。會變成這樣吧、說不定意外地這裡竟然沒有變……之類的，我自己想像著，很享受這樣的樂趣，不過當實際的二〇五五年到來時，肯定是跟我在這裡描繪的未來是不一樣的世界。看看到底會有哪裡不同、如何不同，這也是本書的樂趣之一。

沒有人知道未來的事情。所以，我們對未來所做的想像，不論是好是壞，都會有不準的地方吧。

不過，所謂的未來，是每個今天的延續，是我們逐漸累積出來的。爲了活在下個世代的孩子們，爲了今後要出生的生命，要創造出比如今我們所想像的四十年後還要美好得多的世界，是活在這當下的我們的使命。

因爲，今天這一天我們是如何過的，關係到那個比想像還要美好的未來是否會到來。

我，堅信書本具有改變世界之力。

年輕的時候，我幾乎是不看書的，因爲某個契機，變得每天嗜書如命，還成爲了寫書的人。在那前後，我的人生中所起的變化是很戲劇性的。

人生會因爲閱讀的習慣而戲劇性改變。所以，一個社會上充滿著有閱讀習慣的人，社會會有很大的變化。

如今，搭個電車就會看到不論男女老幼，滿滿的都是拿智慧手機玩遊戲的人。

「如果那全是書的話……」

會抱持著這樣的想法看著車廂內，不過如果那想法成眞了，世界肯定會改變的吧。

我認爲，那一定是可能的。

到現在，我已經遇過好幾位「我本來很討厭書的，但現在非常喜歡閱讀」的人。只要能夠遇上一本讓他迷上的書，不管在哪個時代，應該能走上對書愛不釋手的人生。

所以，我夢想著那一天，今後也將持續不懈地寫出作品。

還有一件，想透過這部作品傳達的重要的事。

那就是，有些人的人生，是除了自己變幸福之外否則無法拯救的。

要讓最珍愛的人幸福，難道不就是這麼回事嗎，我想。

反過來說，老是糾結於過去的事，放棄要變得幸福的話，那麼，就永遠無法讓眼前珍愛的人變得幸福。

有許多人，躲藏在像浩平的右手那樣自己的防空洞裡，放棄了要變得幸福。別說是許多人，其實任誰都在心中有著一個那樣的防空洞。它阻撓著你，讓你無法獲得幸福。

但是，也有的人，需要我們離開防空洞、過上幸福的人生，如此他們才變得幸福。

正因如此，我們一定要勇於離開那個防空洞，變得幸福。

我希望，讀完本作的你，也能脫離過去背負的痛苦、自己隔離出的防空洞，爲了讓現在眼前的人過上幸福人生，請毫不遲疑地變得幸福。

若能因爲這部作品，能夠廣爲流傳這個理念，這會是我的榮幸。

平成二十七年三月十一日